DEUX ÉMIGRÉS

EN SUÈDE

PAR

X. MARMIER.

PARIS

ADMINISTRATION DU JOURNAL LE PAYS,

RUE DU FAUBOURG-MONTMARTRE, 11.

1849.

LE PAYS,

JOURNAL DES VOLONTÉS DE LA FRANCE.

PRIX DE L'ABONNEMENT.

	Un An.	6 Mois.	3 Mois.
Paris.	24 fr.	13	8 fr.
Départements.........	36	19	11
Étranger.	18	25	14

Le Mode d'abonnement le plus simple et le plus économique pour les départements est d'envoyer un mandat sur la poste à l'ordre de l'administration du *Pays*.

On s'abonne également chez tous les Directeurs de poste, aux Messageries nationales et aux Messageries générales.

Les abonnements datent du 1er et du 16 de chaque mois.

DEUX ÉMIGRÉS

EN SUÈDE.

I.

Vers la fin du mois de novembre de l'année 1831, un de ces rustiques traîneaux que l'on rencontre en hiver sur toutes les routes de Suède glissait rapidement le long des rives du golfe de Bothnie. Depuis plusieurs heures, le pâle soleil d'hiver s'était éteint comme une lampe à l'horizon : mais le ciel avait cette clarté transparente qui est un des charmes des nuits du Nord ; des myriades d'étoiles enveloppaient sa surface d'un réseau d'or et scintillaient sur la neige qui couvrait la terre. Le vent était calme, l'espace silencieux. On n'entendait que le grelot des deux chevaux attelés au léger véhicule, et de temps à autre la voix du postillon suédois qui ranimait leur ardeur en leur adressant tour à tour un affectueux reproche ou un joyeux éloge. Un voyageur assis au fond du traîneau, le corps revêtu d'une épaisse fourrure, détournait de temps à autre les plis du manteau qui lu enveloppait le visage et portait autour de lui un regard pensif. Etranger à la Suède, il la parcourait depuis un mois avec une foule d'émotions inattendues, et plus il s'avançait vers le Nord, plus il sentait s'accroître sa surprise. Après avoir traversé les provinces méridionales de ce royaume, qui touchent à la Baltique, et celles où se détache le vaste bassin d'argent du lac Mélar, et Stockholm la ville superbe, puis Upsal, sanctuaire des anciens dieux, puis l'active et industrieuse cité de Gefle, il se trouvait maintenant au sein d'une contrée muette, inanimée, ensevelie sous un blanc linceul. Tantôt il pénétrait au sein d'une longue forêt de sapins dont les tiges immobiles ressemblaient à des géants assoupis sous leur manteau de neige, tantôt il gravissait des collines escarpées, puis il descendait par une pente rapide vers les bords du golfe, rongés par les vagues, découpés comme une dentelle, hérissés çà et là de quelques rocs aigus.

Partout le même silence. De loin en loin on voyait briller une lumière, étincelle du foyer champêtre ou du flambeau nocturne allumé peut-être près de quelque malade; et cette lumière, fixée comme un point dans l'espace, n'était qu'un indice de plus de l'isolement de l'homme dans ces parages.

Il y avait dans cette inanimation de la nature, dans cette morne uniformité des plaines de neige, dans ce désert des champs et des bois, une telle tristesse, un tel deuil, que le cœur du voyageur, qui pourtant était jeune et brave, se sentit saisi d'une sorte d'effroi mystérieux. Devant lui brillait entre tous les astres l'étoile polaire, l'étoile fidèle qui chaque soir s'allume comme un phare, qui dans les nuits brumeuses sourit au pèlerin égaré et guide la marche du navigateur. L'étranger resta quelques instans les yeux fixés sur cette lumière bienfaisante, comme pour se récréer par son doux aspect des songes mélancoliques que lui donnait l'aspect de la terre. Puis il frappa sur l'épaule du postillon et lui cria avec le laconisme auquel l'obligeait son ignorance de la langue suédoise : Aland ! Åland était le lieu où il devait s'arrêter. *Intet nu*, (pas encore) répondit le postillon, en sortant son bras engourdi de la peau de mouton qui lui couvrait les épaules, et en faisant claquer son fouet comme pour montrer aussi l'impatience qu'il avait d'arriver. L'attelage ainsi aiguillonné parcourut au galop le golfe où le passage plus fréquent des pêcheurs avait aplani la neige, et remonta péniblement un coteau voilé par des arbres centenaires. A l'extrémité de cette forêt, le postillon se retourna vers le voyageur, et lui montrant du doigt un point qu'on distinguait à peine dans le lointain : Aland ! dit-il ; puis de la voix et du

geste, il encouragea de nouveau ses coursiers, qui redoublè-
rent d'ardeur, comme s'ils eussent compris que ce dernier
effort devait les conduire au terme de leur trajet.

Bientôt le traîneau s'arrête au pied d'une vaste maison en
bois. Aux claquemens du fouet du cocher, aux sons des grelots, des lumières courent de fenêtre en fenêtre, les portes
s'ouvrent, l'étranger est attendu. Un domestique s'avance à
sa rencontre une lanterne à la main, le conduit par un long
corridor et l'introduit dans une chambre au fond de laquelle
un homme, à la chevelure blanche, est assis dans un fauteuil.
— Mon oncle ! s'écrie le voyageur en se précipitant vers lui.
— Irénée ! mon cher enfant ! dit le vieillard.—Tous deux res-
tent en silence enlacés dans les bras l'un de l'autre, puis le
vieillard, prenant par la main celui auquel il a donné un nom
si tendre, le mène vers la table où flamboyaient deux bougies, et le regardant avec complaisance : — Oui, dit-il, c'est
bien toi, c'est bien l'image de mon pauvre frère : même front
et mêmes yeux, le même air fier et résolu. C'est lui tel que
je le vis, mon noble frère aîné, à trente ans, quand il allait se
jeter dans les hasards de la guerre, quand il m'embrassa,
hélas ! pour la dernière fois. — Mon cher oncle, s'écria Irénée, à la place du frère que vous avez perdu, il vous vient
un fils. Ma mère m'a, dès mon bas âge, appris à vous aimer ;
c'est un devoir qu'il me sera doux de remplir. — Le même
son de voix, reprit le vieillard, qui continuait le cours de ses
observations, et cette même étincelle du regard. Non, nul
peintre n'aurait pu faire de son père un portrait plus exact.
Puisses-tu, en gardant de lui une telle ressemblance , avoir
une autre destinée que lui ! La fatalité pèse sur la famille de
Vermondans ; toi le seul vigoureux rejeton qui reste de cette
vieille race de soldats, et déjà frappé par le malheur, déjà
fuyant la terre natale, puisses-tu ne pas apprendre, ainsi que
ton père et moi, combien le pain de l'étranger est amer, combien l'escalier d'autrui est dur à monter et dur à descendre !
Mais que dis-je ? te voici dans une autre maison paternelle.
Tu y rentres comme un fils longtemps attendu, et tu vas y
trouver deux sœurs. Puis, s'avançant vers la porte d'une autre chambre : Alete, Ebba, s'écria-t-il, venez embrasser votre cousin.

Deux jeunes filles entrèrent aussitôt : l'une vive et légère,
à l'œil noir, à la figure rose ; l'autre pâle, frêle, timide. La
première tendit gaîment la main à Irénée et l'embrassa sur
les deux joues ; la seconde s'avança d'un pas craintif, les
yeux baissés, et penchant la tête de son côté, lui présenta
modestement son front à baiser.

— Mes chères cousines, dit Irénée, ma mère aurait bien voulu avoir comme moi le bonheur de vous voir, mais ne pouvant faire ce long voyage de Suède, elle m'a prié de vous remettre au moins un témoignage d'affection. À ces mots, il tira de sa poche une petite boîte en maroquin que la vive Alete se hâta de prendre et qu'elle ouvrit avec joie. Ah ! les belles boucles d'oreilles ! s'écria-t-elle ; ah ! la charmante bague, et cette petite croix en émail bleu, et ce bracelet parsemé d'émeraudes ! Il n'y a qu'à Paris qu'on fasse de pareils bijoux. Mais viens donc voir, Ebba !

Ebba était restée à l'écart, immobile et muette. Elle s'approcha de la table où sa sœur venait de déposer l'écrin et le regarda sans prononcer un mot.

— N'est-ce pas que tout cela est joli? reprit Alete; mais il faut que nous partagions, et comme j'ai un fiancé qui est tenu en conscience de me donner autant de parures que ma fantaisie en exigera et que sa fortune le lui permettra, je veux que tu prennes la plus grosse part.

— Non, dit Ebba, d'une voix douce comme celle d'un enfant; c'est justement parce que tu es fiancée, que tout cela t'appartient comme un présent de noces. Si seulement tu veux me permettre de garder cette croix, j'en serai très reconnaissante.

Alete qui, sous les apparences d'un caractère frivole, cachait un cœur tendre et délicat, essaya vainement de vaincre la modestie de sa sœur, et finit, non sans un regret sincère, par accepter les trois quarts de l'écrin.

— Maintenant, mesdemoiselles, dit le père, qui avait assisté, sans vouloir y interposer son autorité, à ce combat de générosité, songez que votre cousin vient de faire un long trajet; voyez si son appartement est bien en ordre, et d'abord si le souper est prêt, car lorsqu'on a passé la journée à voyager à travers nos neiges, on a grand besoin de se réconforter.

— Deux bonnes et tendres enfans, continua-t-il, quand elles furent sorties. L'aînée est un lutin qui me charme par sa gaîté ; la seconde me touche souvent jusqu'aux larmes. Sa mère est morte en lui donnant le jour. La pauvre fille semble être perpétuellement sous l'impression du malheur qui a présidé à sa naissance.

Rien de ce qui occupe ordinairement les jeunes filles de son âge ne l'égaie ni ne l'anime. Sa vie silencieuse et recueillie, est comme un long acte de résignation. L'étude, les livres sont la seule distraction qui lui sourie. Elle a appris trois à quatre langues, elle a lu tout ce qu'il y a de volumes poudreux ici et au presbytère. Cependant, quand elle se trouve dans une réunion, on la prendrait pour une ignorante, tant il lui soucie peu de parler, tant elle paraît craindre même de laisser entrevoir ce qu'elle sait. C'est une modestie que nulle vanité n'atteint, et une placidité rêveuse que nulle commotion vulgaire n'ébranle. On dirait une âme étrangère à ce monde, indifférente à ses calculs, fermée à ses joies, et soumise, sans effort, à ses douleurs. Jamais je ne l'ai vue rire, mais jamais je ne l'ai entendue se plaindre. Délicate et faible, c'est la pâleur de son visage, la langueur de son regard qui trahit, malgré elle, sa souffrance physique.

Dès qu'elle s'aperçoit que je remarque en elle un état de malaise, soudain elle fait luire dans ses yeux un doux rayon, elle fait éclore sur ses lèvres un tendre sourire, comme pour me demander grâce des inquiétudes qu'elle me donne.

Pardonne-moi, cher Irénée, de t'occuper ainsi de mon égoïsme paternel, quand je devrais d'abord m'enquérir de ta situation, de tes espérances si tôt brisées et de tes projets. Mais cette enfant est pour moi l'objet d'une constante préoccupation.

Irénée répondit à cette confidence par un cordial serrement de main. Au même instant, on annonça que le dîner était servi.

— Allons! dit le vieillard, tu ne trouveras point ici les finesses gastronomiques de Paris; nous vivons, comme de simples campagnards, des produits de notre sol ; cependant une vieille bouteille de bonne bière a bien son mérite, et nos forêts nous donnent certaines pièces de gibier pour lesquelles les gourmets de France échangeraient volontiers leurs lièvres et leurs perdreaux.

Irénée s'assit entre ses deux cousines, et son appétit de jeune homme, aiguisé par le voyage qu'il venait de faire, réjouit le vieillard. Tout en découpant une large tranche de quartier de renne et en buvant de grands verres d'une bière savoureuse, préparée, disait son oncle, avec un soin particulier par Alete, Irénée observait les deux jeunes filles placées de chaque côté de lui.

L'aînée, toujours en mouvement, servait son cousin, servait son père, courait à la cuisine, revenait s'asseoir à table, en riant et en découvrant à chaque rire deux rangées de perles pures sous deux lèvres roses. C'était vraiment une charmante fille, rondelette et potelée comme un enfant, vive et légère comme un oiseau, fraîche et gaie comme un beau matin d'été, pleine de grâce dans chacun de ses gestes et chacune de ses attitudes, un peu espiègle pourtant et un peu coquette, mais de cette coquetterie naïve et chaste qui, pour beaucoup de femmes, n'est qu'une aimable manifestation d'un sentiment de bienveillance, d'un innocent désir de paraître agréables.

Irénée se plaisait à la regarder, et comme en toute occasion elle se mettait immédiatement à son aise, elle donnait aux autres la même liberté. Déjà elle plaisantait avec lui comme avec un vieil ami, et lui se sentait envers elle aussi dégagé de toute contrainte que s'il eût vécu près d'elle pendant de longues années. Mais quand il se retournait vers Ebba, il éprouvait à la voir une émotion indéfinissable. Rien de si étrange ne lui était apparu dans sa vie et rien de si touchant. Le visage de la jeune fille avait la mate blancheur du marbre, et la régularité d'une image dessinée selon les principes les plus purs par un habile artiste.

Deux longs bandeaux de cheveux blonds tombaient le long de ses joues et découvraient un front d'une sérénité idéale. Sur ce pâle visage se détachaient deux yeux limpides comme le cristal, bleus et profonds comme l'eau des lacs pénétrée par l'azur du ciel. Quiconque avait une fois contemplé ces yeux ne pouvait plus les oublier. Souvent ils restaient baissés sous leur paupière, comme un cœur endolori qui se recueille sous un nuage, et quand ils se relevaient, nul désir terrestre n'animait leur prunelle, ils semblaient dans leur vague rayonnement regarder vers l'infini.

Il est des plantes que la rosée et le soleil ne développent point complètement. Il est des êtres qui comme ces plantes débiles ne tiennent à la terre que par une légère racine, qui dès leur entrée dans la vie se sentent marqués d'un signe d'infortune, qui par un don de seconde vue, connaissant le sort qui leur est réservé, ne s'attachent qu'avec crainte à un monde où ils n'entrevoient qu'une existence éphémère ou une cruelle déception. La tristesse qui les obsède agit sur ceux qui les approchent. Autour d'eux, il y a comme un cercle fatal dans lequel on se sent involontairement saisi d'une indicible appréhension, et aux témoignages de sympathie qu'on leur donne se mêle une sorte de commisération.

Irénée éprouva, à la vue d'Ebba, ce sentiment de sympathie inquiet et mélancolique. Lorsqu'après le souper il eut pris congé de son oncle et de ses cousines, lorsqu'il se trouva seul dans sa chambre, il souriait en se rappelant l'aimable gaîté d'Alete; mais il devenait sérieux et pensif en songeant au long regard rêveur de sa jeune sœur, à son sourire doux et triste comme la lueur d'un crépuscule d'automne.

Irénée n'était cependant pas une de ces natures sentimentales de l'école byronienne et de l'école germanique. Il y avait en lui plus d'énergie que de tendresse, plus d'ardeur que d'abandon. Fils d'un brave gentilhomme de province qui avait consacré sa fortune et sa vie au service de la légitimité, qui, après avoir suivi les princes dans leur émigration, était venu mourir pour eux dans les bocages de la Vendée, Irénée avait hérité de lui cette volonté opiniâtre qui ne dévie point du but qu'elle s'est proposé, et un culte chevaleresque pour la royale famille qui à ses yeux était, par une loi divine, investie du droit imprescriptible de gouverner la France. Des biens considérables qui avaient jadis appartenu à sa famille, la révolution ne lui avait laissé qu'un château délabré, quelques champs et quelques bois dont le revenu suffisait à peine à donner une existence convenable à sa mère. La modicité de sa fortune ne lui permettait pas de mener une vie oisive. Sa naissance lui indiquait sa carrière. Il entra à Saint-Cyr, et en sortit recommandé par les notes les plus favorables. A ces notes se joignait le souvenir des services de son père. Grâce à ces deux titres, Irénée obtint un assez rapide avancement. A vingt-huit ans, il était capitaine dans les lanciers de la garde. Avec un nom honorable, une belle figure, quelque esprit, et cette élégance de manières inhérente à cette classe d'élite qu'on appelle la classe aristocratique, le jeune gentilhomme pouvait, sans trop de présomption, se livrer à l'espoir d'un assez brillant avenir. Sa mère qui, du fond de son castel provincial, le suivait pas à pas avec orgueil, sa mère le voyait déjà, dans ses rêves solitaires, époux d'une riche héritière, colonel, aide-de-camp d'un prince, député, pair de France, qui sait jusqu'où s'égaraient ses espérances pour cet enfant chéri sur lequel se concentraient toutes ses pensées ?

La tendre mère poursuivait complaisamment ses châteaux en Espagne, quand soudain la révolution de Juillet, éclatant comme un coup de foudre, renversa en un instant son édifice aérien.

Irénée était à Paris au moment où s'engagea cette lutte terrible qui devait se terminer par la chute d'une monarchie, par l'écrasement d'un trône. Il combattit avec l'ardeur que lui donnaient à la fois et ses principes légitimistes et son horreur innée pour tout étendard révolutionnaire. Le premier jour il eut l'honneur de résister, avec sa compagnie, à une troupe nombreuse d'insurgés, de garder le poste qui lui était confié. Le second jour, après une lutte acharnée dont le péril même ne faisait qu'accroître son courage, il tomba de cheval, atteint d'une balle à la poitrine. Ses soldats, qui l'aimaient, le transportèrent dans une maison où il fut traité généreusement. Quelques heures après, le général, qui l'avait vu sur le champ de bataille, lui faisait remettre son brevet de chef d'escadron. Inutile honneur ! la main qui avait signé cette ordonnance devait bientôt signer un acte de renonciation à toute grandeur humaine, à toute souveraineté.

La blessure d'Irénée était grave ; mais les bons soins dont il fut entouré en écartèrent le mortel danger. Dès qu'il eut recouvré quelques forces, il se retira près de sa mère, où il acheva de se guérir. Ce fut là qu'il apprit et le nouvel exil de ceux pour lesquels son père avait déjà versé son sang, et l'établissement d'une nouvelle monarchie. Plusieurs de ses compagnons d'armes, bien vite ralliés au gouvernement qui les maintenait dans leur emploi, qui leur témoignait même une faveur particulière, lui écrivirent pour l'engager à suivre leur exemple. Une telle pensée ne pouvait entrer dans son esprit. Sans partager les haines exagérées d'un grand nombre de légitimistes contre la dynastie nouvelle, il s'était dit qu'il ne la servirait jamais, et il n'était pas homme à manquer à cette résolution. Cependant il était en proie au danger de l'inaction, le plus pénible tourment des vives et fortes natures. De même que l'ambitieux étudie d'un regard inquiet le sentier qui conduit au pouvoir, de même que le spéculateur épie le jeu capricieux de la fortune, de même le jeune officier en disponibilité cherchait de quel côté il pourrait employer sa vigueur impatiente. Plus d'une fois, l'idée lui vint d'aller rejoindre les princes vaincus dans l'arène du peuple. Mais ces princes, soumis à leur arrêt de proscription, ne pensaient plus à combattre et n'appelaient plus aux armes leurs fidèles serviteurs. Le temps des royales croisades était passé. Tous les souverains, inquiétés par l'effervescence révolutionnaire, qui, comme une fièvre brûlante, courait à travers l'Europe, avaient assez à faire autour de leur propre trône, pour ne pas songer à relever les débris d'un trône voisin.

Mme de Vermondans, après avoir vainement employé différens moyens pour distraire son fils, l'engagea à s'en aller voir son oncle, en Suède, dans l'espoir que ce voyage calmerait l'agitation de son esprit. C'était là un de ces remèdes salutaires, qui souvent échappent à la science, qui se révèlent à la tendresse ingénieuse. Rien de meilleur, rien de plus efficace que les voyages, dans certaines situations morales. L'homme qui, après avoir goûté les émotions de la vie active, se trouve tout à coup condamné à la stérilité des jours oisifs, éprouve une impatience fébrile. Au dedans de lui, il y a comme un ressort impétueux, un ressort d'acier qu'il tente péniblement de comprimer.

Ses facultés intellectuelles et physiques, son imagination, ses sens aspirent à reprendre leur libre emploi. Si les forces dont il est doué, si la sève abondante qui l'anime, sont paralysées dans leur mouvement, ces forces lui pèsent comme un inutile fardeau. Bientôt, par l'effet des luttes intérieures qu'il a subies, des désirs incessans auxquels il ne peut donner l'essor, par le fait même de cette exubérance de vie qui, ne trouvant point à s'exercer au dehors, s'affaisse de tout son poids sur elle-même, bientôt il tombe dans un état de maladive langueur, bientôt il se sent pris au sein par le noir démon de l'ennui. Pour échapper à sa rude étreinte, il lui faut l'air, l'espace. Il faut qu'il s'arrache au cercle étroit dans lequel il se trouve comme rivé à une chaîne qui lui serre les flancs, qu'il s'en aille au loin pour se soustraire aux chimères qui l'obsèdent, pour s'oublier lui-même. L'aspect d'une contrée étrangère, la variété des scènes et des tableaux qui tour à tour se dérouleront à ses yeux, tout ce qui attire forcément l'attention, tout ce qui occupe la pensée dans des pays nouveaux, les soins matériels, les incidens inattendus, les surprises du voyage et plus que tout encore, la magique influence de la nature, relèveront peu à peu de son atonie cette âme malade.

Irénée éprouvait l'effet de ce remède moral. Si dans le cours de son voyage à travers l'Allemagne et les régions du Nord, il n'avait pas encore repris son jeune élan, son ardeur naturelle, du moins il se sentait plus maître de lui-même, il arrivait chez son oncle dans une heureuse disposition d'esprit.

Le lendemain en s'éveillant, il se plut à observer les délicates précautions qui avaient été prises pour lui rendre sa demeure aussi agréable que possible : les meubles en bois d'érable ou de bouleau, simples, mais reluisans de propreté, du linge d'une blancheur éclatante et parfumé par les plantes aromatiques avec lesquelles il avait été enfermé dans l'armoire, çà et là quelques gravures de choix, et sur le plancher un tapis en laine façonné par les mains de ses deux cousines.

De bonne heure un domestique était venu sur la pointe du pied ouvrir le poêle en porcelaine qui montait comme une large colonne jusqu'au plafond, et y avait allumé une brassée de sapin résineux qui pétillait comme des fusées et répandait dans l'appartement une bonne odeur. De doubles fenêtres protégeaient encore cette chambre contre les rigueurs de la saison. Entre leurs châssis s'étendait une couche de flocons de laine blanche sur laquelle les mains des jeunes filles avaient posé des fleurs artificielles comme pour conserver dans la nudité de l'hiver la riante image du printemps. Ces fenêtres s'ouvraient sur une vaste campagne qui en été devait avoir un aspect charmant. La maison de M. de Vermondans s'élevait sur un coteau couronné par une forêt de sapins. Devant sa façade principale s'étendait un jardin qui par une pente légère descendait jusqu'à un lac dont une bordure d'arbres encadrait et voilait les capricieux contours. A quelque distance, on apercevait les habitations rustiques, le clocher aigu du village d'Aland, et plus loin les tourbillons de fumée d'une usine qui appartenait à M. de Vermondans. En ce moment, la plaine, les bois couverts de neige, le lac glacé, ne présentaient qu'une teinte uniforme, mais il était aisé de deviner tout ce qu'il devait y avoir là de doux tableaux, dès que le soleil de mai faisait refleurir ces champs, animait ces forêts, colorait cette eau.

Irénée descendit dans la chambre de son oncle et le trouva assis dans son fauteuil, les jambes croisées l'une sur l'autre, fumant paresseusement une longue pipe.

M. de Vermondans était un de ces hommes qui ne se tourmentent point volontairement de ce que les poètes appellent les misères de la vie, qui prennent patiemment le temps comme il vient et jouissent en paix de chaque bonne heure qu'il leur donne, sans s'inquiéter de celle qui sonnera plus tard.

Jeune, il avait comme son frère pris les armes pour la légitimité. Il avait juré une haine mortelle à la plèbe révolutionnaire, puis il avait fini par se faire, sur ce point comme sur plusieurs autres, des raisonnemens qui, peu à peu, s'étaient convertis dans son esprit en une doctrine philosophique si tolérante qu'elle allait jusqu'à l'impassibilité. A l'instant où son neveu entra, il faisait un retour sur lui-même et se confirmait dans la sagesse de ses principes. — Oui, lui dit-il, comme s'il continuait un entretien commencé; oui, mon ami, je me suis passionné comme toi dans une orageuse révolution. J'ai quitté le toit paternel, j'ai abandonné mon patrimoine pour suivre, en pays étranger, nos chers princes. J'ai combattu pour eux, j'ai même reçu pour leur sainte cause un coup de sabre sur le bras, qui, de temps à autre encore, me rappelle l'héroïsme de ma jeunesse par une sensation fort désagréable. Bientôt les folles prétentions de mes compagnons d'armes, les divisions de nos chefs calmèrent ma première ardeur ; je m'éloignai de ces cohortes de paladins où la raison était traitée de tiédeur, où l'on n'écoutait complaisamment que les fanfaronnades, où la ferme et saine volonté était sans cesse paralysée, tantôt par les manœuvres les plus fausses, tantôt par les ordres les plus contradictoires. Un fidèle serviteur réussit à sauver une partie de mes biens, et m'apporta, au péril de sa vie, vingt mille francs en or. Avec cette somme, je vins dans ce pays, sachant que tout y était à bon marché, et résolu à y acheter un petit coin de terre où je vivrais obscurément en attendant l'occasion de servir plus efficacement la cause à laquelle mon cœur était voué, et dont je me retirais, sans toutefois vouloir l'abandonner.

A Stockholm, une de ces rencontres inattendues que nous attribuons au hasard, et que les gens pieux attribuent plus justement à la Providence, me fit faire connaissance avec un propriétaire de l'Angermanie, M. Guldberg, un brave et digne homme, si jamais il en fut. Je lui dois tout le bonheur que j'ai eu en ce monde, et je bénis sa mémoire. M. Guldberg, qui avait découvert un minerai abondant dans ses domaines, voulait fonder une usine et cherchait quelqu'un pour l'aider dans cette entreprise. J'avais recueilli dans le cours de mes études quelques notions d'hydraulique et de mécanique, peu de chose, en vérité, mais la conversation étant un jour tombée sur ces questions, M. Guldberg, qui en savait encore moins, parut charmé de ce que je disais, et me demanda si je ne voudrais pas l'aider dans l'entreprise qu'il projetait. Sans y réfléchir plus qu'il n'avait réfléchi lui-même pour me faire son offre, j'acceptai. Je vins ici avec lui. Je dirigeai la construction et les premiers travaux de cette forge que tu vois flamboyer là-bas. Je ressemblais fort au professeur inexpérimenté qui apprend le matin la leçon qu'il doit donner dans la journée. Je fis plus d'un fâcheux essai, je commis plus d'une erreur ; mais je parvins enfin à exploiter convenablement notre minerai, à mettre en mouvement nos machines. M. Guldberg, qui avait souffert patiemment, sans jamais s'en plaindre, les bévues dont je m'étais rendu coupable, se montra très reconnaissant de mon succès et m'offrit généreusement une part dans les bénéfices d'une entreprise qui, dès son origine, s'annonçait sous les plus favorables auspices. De cette époque date pour moi une série de dérogations que je considère comme autant de sages résolutions, et qui, pour beaucoup de gens, peut-être, seraient

traitées comme des actes d'apostasie. Me voilà, moi, gentilhomme de France, honoré de je ne sais combien d'illustres
quartiers, et engageant l'honneur de mon blason dans une
entreprise industrielle : première dérogation. M. Guldberg a
une fille unique qui est aimable, qui me plaît, qui a la bonté
de montrer quelque penchant pour moi, mais qui ne possède
pas le moindre titre de noblesse, ni la moindre armoirie. Je
l'épouse, au grand déplaisir de ton père, soit dit en passant :
seconde dérogation. Cette femme, qui fut sa vie durant la
vertu même, était protestante, et me demandait en grâce
que si nous avions des filles, elles fussent élevées dans sa religion. J'ai deux filles qui pratiquent le dogme de la réforme :
troisième dérogation.

L'aînée de ces filles a été demandée en mariage par un
honnête jeune homme, fils du prêtre du chef-lieu, qui de-
viendra prêtre lui-même ou professeur dans un gymnase.
J'ai vu que ma chère Alete avait confiance en lui. J'ai con-
senti à ses fiançailles avec un roturier et un schismatique :
quatrième, cinquième dérogation. J'ai laissé passer, sans
trop m'en émouvoir, la tempête révolutionnaire de France ;
j'ai appris par les journaux que notre cher pays, le plus
intelligent pays du monde, au dire de nos compatriotes, avait
successivement adulé et maudit la sanglante tyrannie de Ro-
bespierre, puis les galanteries de Barras, puis le Consulat, et
l'Empire, et la Restauration.

Pendant que la fleur-de-lis remplaçait la cocarde tricolore,
et que l'aimable peuple de Paris se précipitait autour du cheval blanc de Monsieur avec le même enthousiasme qu'il ma-
nifestait quelques années auparavant à l'aspect du fier cour-
sier du héros de Wagram ou d'Iéna, moi je suis resté tranquillement ici, sans changer de cocarde, sans crier : A bas
l'ogre de Corse! fumant en paix ma pipe, surveillant les travaux de mon usine, souriant à mes filles, aux récoltes de
mes champs, au soleil de Suède, qui n'a d'autre défaut que
d'être un peu trop rare. Voilà une nouvelle et terrible dérogation.

De point en point, enfin, j'en suis venu, mon cher Irénée,
à me faire un dogme à mon usage, un dogme que je n'ai appris dans aucun savant livre, car je lis peu, mais qui ne m'en
paraît pas moins une fort bonne loi, car il me laisse la conscience très calme et me rend aussi heureux qu'aucun être vi-
vant puisse l'être dans cette vallée de larmes. Je crois donc,
mon cher Irénée, que nous nous faisons très bénévolement
des monstres d'un certain nombre d'idées qui entrent dans
notre esprit par les premières leçons de notre enfance et

dont nous subissons le joug sans oser les soumettre à l'examen de notre raison. Je crois que, sans manquer à aucun vrai principe de morale, sans cesser d'être, en aucune façon, un très digne et très honnête homme, on peut fort bien briser quelques mailles de ce réseau d'enseignemens traditionnels qu'un magister nous tisse à tant de deniers par heure, et qu'on nous jette sur la tête comme le capuchon que l'on place sur les yeux du faucon, pour l'empêcher de prendre son vol dans le libre espace. Je respecte toutes les croyances sincères, même celles que je regarde à présent comme des préjugés, et je demande qu'on respecte les miennes. Pour compléter ma profession de foi, je t'avouerai qu'un républicain, convaincu de la justesse de ses opinions, me paraît tout aussi raisonnable qu'un monarchiste dévoué, et qu'un quaker, un calviniste consciencieux me semble aussi près du ciel qu'un catholique fervent. Quand ma pensée s'élève vers Dieu, je me le représente comme la source universelle du bien, et je me dis que le plus sûr moyen de se rapprocher de lui, de mériter sa grâce, d'obtenir sa bénédiction, est de faire, dans le cercle plus ou moins large où l'on se trouve placé, autant de bien que l'on peut, selon ses forces et son intelligence. Je me dis que le pauvre ouvrier qui aide quelque instant au labeur de son voisin malade acquiert plus de mérite que le riche qui, d'une main glacée, jette sa pièce d'or dans le grenier de l'indigent. J'ai l'audace de penser qu'un roi qui, dans les splendeurs de sa cour, oublie les souffrances de son peuple, qu'un grand seigneur qui s'abandonne à toutes les jouissances de la fortune, sans entendre la misère, gémissant à la porte de son château, sont de grands coupables dont la Providence punira les méfaits, soit sur eux, soit sur leurs enfans, et peut-être, comme le dit la Bible, jusqu'à la troisième et quatrième génération.

Irénée, en écoutant silencieusement cette longue profession de foi, se demanda d'abord s'il devait essayer de la contredire. Les paroles de son oncle lui révélaient un de ces doctrinaires tenaces d'autant plus difficiles à ébranler dans leurs sophismes, que ces sophismes portent l'auréole d'une philosophie de cœur et l'armure brillante de plusieurs nobles sentimens. Cependant il lui parut que sa loyauté lui faisait un devoir d'exprimer aussi son opinion, et il répondit :

— Je comprends très bien, mon cher oncle, l'enchaînement des circonstances par lesquelles vous avez été amené peu à peu à abdiquer des principes qui vous apparaissent comme préjugés. J'immole moi-même, très volontiers, sur l'autel des idées nouvelles, cette vanité nobiliaire qui se complaît dans la vénération de quelques parchemins, et se fait une sorte de fétiche des écussons sculptés sur les murailles d'un vieux château. Je condamne, comme une sotte erreur, les airs de supériorité que des nobles arriérés affectent à l'égard du mérite issu des rangs du peuple. Si, aux yeux de mon père, votre mariage avec la fille de votre ami a eu le caractère d'une mésalliance, s'il l'a blâmé, pardonnez-lui. Songez que mon père est mort à une époque de lutte, de bouleversement, où chaque gentilhomme défendait, avec d'autant plus d'ardeur, ses prérogatives nobiliaires, qu'il les voyait attaquées par une passion frénétique et menacées d'un naufrage complet. Depuis ce temps, nous avons fait bien des progrès. Les barrières qui, jadis, divisaient la société en plusieurs castes, ont été abolies ; l'espace a été ouvert à quiconque pouvait y faire son chemin ; le peuple est entré dans les affaires du pays, dans les conseils du roi.

La plupart des ministres de la Restauration ont été choisis parmi de simples plébéiens. J'admets sur cette question tous les raisonnemens déroulés sous tant de formes par les philosophes du xviiie siècle, et continués par les libéraux actuels. Là où je trouve le développement de l'intelligence, l'élévation du cœur, je ne m'informe point de la généalogie. Les qualités de l'âme, la grâce et la beauté me paraissent des signes de distinction marqués par le doigt de Dieu, qui en sait encore un peu plus que le docte d'Hozier. Cependant je ne puis oublier que cette race nobiliaire, si cruellement poursuivie il y a trente ans, si souvent encore outragée de nos jours, a fait la gloire, la force de la France. Une douloureuse réflexion m'a occupé en voyant avec quelle ardeur incessante cette race déchue de son ancien pouvoir était attaquée. Je me suis dit bien des fois qu'en sapant les bases de l'édifice aristocratique, qu'en brisant la légitimité de la noblesse, on portait par là même une grave atteinte au principe de légitimité de la monarchie. La révolution qui vient de s'accomplir ne m'a que trop fait voir la justesse de mes craintes. Cette révolution qui, par une sorte de conversion à d'anciennes croyances, choisit encore pour occuper le trône du malheureux roi qu'elle exila un de ceux qui étaient le plus près de ce trône, n'est peut-être que le commencement d'une longue suite de violentes commotions où l'on verra s'engloutir, sous les dérèglemens d'un ambitieux orgueil, les sages principes et les saines institutions du passé.

Cette conversation entre l'oncle et le neveu fut interrompue par le son des grelots d'un cheval qui amenait rapidement un traîneau à la porte de l'habitation.

— Voici sans doute venir mon futur gendre, dit M. de Vermondans, un autre philosophe qui, de même que toi, n'est pas, sur tous les points, de mon avis, mais un brave garçon qui, sous une apparence fort peu aristocratique, cache les meilleures qualités.

Au bruit du traîneau, Alete était accourue sur le perron, et Ebba l'avait suivie. A l'aspect des deux sœurs, debout sur le seuil de la maison, comme une rose et comme un lis, le jeune homme se hâta de se dégager de l'épaisse fourrure qui l'enveloppait, sauta en bas du traîneau, et s'avança gaîment vers sa fiancée. Mais il avait compté sans une des capricieuses boutades d'Alete, qui, au lieu de lui tendre la main comme de coutume, le regarda d'un air sévère, et lui dit :

— Monsieur, vous êtes donc incorrigible ? Qu'est-ce que ce gilet boutonné de travers, et cette cravate dont les pointes ressemblent à deux ailes de corbeau déployées, et ce col de chemise qui vous monte jusqu'aux oreilles ? Est-ce là le fruit des leçons de toilette que je vous ai si souvent données ? Je vous avais recommandé aussi d'apporter quelque soin à votre chevelure, et voilà que vos cheveux tombent encore sur vos joues comme deux écheveaux de lin en désordre ! Vous ne savez donc pas que nous avons ici un cousin de Paris, un beau et élégant cousin qui va vous prendre pour un Goth ou Dieu sait pour quoi.

Le pauvre jeune homme, stupéfait de cet accueil, baissait la tête en portant machinalement la main à son gilet, à sa cravate, et n'osait faire un pas de plus vers sa rigoureuse fiancée.

— Alete, Alete, dit Ebba d'une voix suppliante, comment peux-tu être si cruelle ?

Alete, satisfaite sans doute de l'air de respectueuse soumission avec lequel ses reproches avaient été reçus, sauta au cou de son fiancé, en s'écriant :

— Mais je l'aime de tout mon cœur, ce cher Eric. Si parfois je prends avec lui mes grands airs, c'est pour lui rappeler qu'il m'a lui-même, dans une superbe épître, nommée sa noble souveraine. N'est-ce pas, Eric, ajouta-t-elle en se penchant vers lui comme un enfant câlin, n'est-ce pas que tu ne m'en veux point de mes petites méchancetés ? A présent, vois-tu, j'use encore envers toi de mon dernier reste de liberté ; quand nous serons mariés, je serai un modèle d'obéissance.

Déjà la bonne figure d'Eric s'était épanouie, et il baisait avec amour la petite main posée dans la sienne.

Alete, qui semblait ne rien tant craindre que les manifestations sentimentales, le conduisit dans la chambre où l'oncle et le neveu venaient de faire leur joute politique, et s'arrêtant devant Irénée : Mon cousin, lui dit-elle, je vous présente M. Eric Guldberg, docteur de l'université d'Upsal, savant helléniste, qui de sa vie n'a lu une ligne du *Journal des Modes*, qui ne se doute pas de la différence qu'il peut y avoir entre un bon et un mauvais tailleur, qui serait fort embarrassé de tenir un fleuret ou de figurer dans une contredanse, mais qui n'en est pas moins le plus excellent garçon du monde et le très honoré fiancé de votre cousine.

A cette singulière forme de présentation, une légère rougeur passa sur le visage du jeune docteur. Un serrement de main, une parole affectueuse d'Irénée mirent fin à son embarras.

— Drôle de fille ! dit M. de Vermondans, en suivant du regard Alete qui déjà courait à la cuisine pour surveiller les apprêts du dîner. Ne voilà-t-il pas une étrange façon d'annoncer son fiancé à son cousin ? Mais elle ne peut rien faire comme les autres. Asseyez-vous, mon cher Eric, et contez-moi pourquoi nous ne vous avons pas vu depuis trois jours. Nous commencions à être en peine de vous, et sans avouer son inquiétude, Alete avait souvent les yeux tournés vers la fenêtre. Si vous n'étiez pas venu aujourd'hui, j'allais envoyer demander de vos nouvelles.

— Mon père a été un peu souffrant, répondit Eric en approchant du poêle ses mains rougies par le froid. J'ai dû rester près de lui pour l'aider dans l'exercice de ses fonctions et le distraire par quelques lectures. Ce matin, comme je pensais que Monsieur.... Monsieur....

— Dites votre cousin, s'écria amicalement Irénée.

— Mon cousin, reprit avec plus d'aisance le timide Eric, je n'ai pas voulu tarder plus longtemps à venir, et mon père a eu la bonté de ne pas me retenir.

A mesure que l'étudiant d'Upsal prononçait ces simples paroles, Irénée l'observait et découvrait dans sa physionomie une telle expression d'honnêteté, et dans ses yeux bleus et clairs un tel caractère d'intelligence, qu'il se sentit aussitôt attiré vers lui par une véritable sympathie.

— Je vous remercie, lui dit-il, d'avoir pensé à moi sans me connaître. J'espère que quand vous me connaîtrez, vous m'accorderez une part de l'affection que vous avez donnée à ma famille. Pour moi, je suis tout disposé à vous aimer comme un bon cousin.

— Ah ! s'écria Eric en se relevant subitement et en attachant sur Irénée un regard où rayonnait la joie, que je vous sais gré des paroles que vous venez de prononcer ! J'avais peur, je vous l'avouerai, de trouver en vous un de ces légers et insoucians hommes du monde, tels qu'on nous représente ordinairement les Parisiens, et je vois que vous êtes le digne neveu de celui auquel je m'honorerai de donner le nom de père.

— Messieurs, dit Alete, qui du seuil de la porte assistait avec un aimable sourire à cet échange de sentimens, vous plairait-il de venir dîner?

— A-t-on trouvé du caviar? demanda M. de Vermondans.

— Sans doute, et du meilleur.

— En ce cas, nous pouvons donner à notre Parisien un spécimen complet des préliminaires des raffinemens de notre gastronomie.

Tu sauras, mon cher Irénée, ajouta-t-il en conduisant son neveu près d'une petite table placée dans un coin de la salle à manger, que nous ne commençons pas nos dîners comme dans les autres contrées. Nos bons ancêtres ont sans doute découvert que, dans ces régions septentrionales, les parois de l'estomac, contractées par le froid, avaient d'abord besoin d'être ravivées par quelque spiritueux, et d'âge en âge cette estimable invention s'est perpétuée dans toutes les provinces. Nous prendrons donc d'abord un petit verre de cette vieille eau-de-vie, une tartine de ce frais caviar, quelques anchois, voire même une tranche ou deux de jambon ; après quoi, nous nous asseyons à la vraie table du festin, où le potage, auquel vous accordez le premier rang, n'apparaît que comme une œuvre de second ordre, après plusieurs compositions culinaires.

Ainsi fut fait au grand amusement d'Irénée, qui eût volontiers pris pour le dîner même ce qui n'en était qu'une préface copieuse.

Lorsque ensuite il se fut assis à table, Alete entreprit de lui faire faire à sa manière un cours de gastronomie nationale.

— Que pensez-vous, lui dit-elle, de ces petits poissons que mon père vient de vous servir?

— Ils sont fort bons, répondit Irénée, ils ressemblent aux éperlans.

— Qu'appelez-vous des éperlans? sans doute quelque fade produit de vos pauvres rivières. Sachez, Monsieur, que ce sont des strœmmings, ce qu'il y a de plus fin et de plus délicat dans nos beaux fleuves du Nord. Et cet autre poisson qui brille comme une lame d'or sur son assiette de porcelaine, vous seriez peut-être bien embarrassé de lui donner son vrai nom. C'est une pièce tout entière de saumon, pêchée par une main habile et fumée avec un soin particulier. Près de

vous est une langue de renne préparée par un Lapon qui n'a pas son pareil dans cette utile industrie. Quant à cette bête superbe qui vous regarde encore d'un air fixer, bien qu'elle ait cessé de vivre depuis deux jours, vous êtes dans le cas de croire que c'est quelque chapon de basse-cour engraissé par une cuisinière. Pas du tout, c'est un bel et bon coq de bruyère, l'honneur de nos forêts. Les deux volatiles couchés sur leur flanc ne sont pas deux de vos grives vulgaires, ce sont deux gelinottes succulentes. Je ne vous parle pas de ce jambon de sanglier qui pourtant serait digne de figurer sur la table d'un roi, ni de ces légumes qui, au dire des étrangers, n'ont nulle part la même saveur que dans notre chère Suède, ni de ces petites baies cueillies l'automne dernier sur nos collines. Mais faites un peu attention à ce pain que vous brisez d'un air insouciant du bout du doigt. Ce n'est pas ce pain lourd et épais des autres côntrées. C'est notre knœckbrœd, mince et léger comme une feuille de papier, croustillant comme un gâteau, blanc comme la plus pure farine de froment.

— Est-ce fini, dit M. Vermondans, et ne pourrais-tu, pour accompagner dignement tant de choses exquises, nous faire apporter une bouteille de vin de Bordeaux ?

— Encore une erreur! reprit Alete, comme si cette bière préparée avec l'orge le mieux choisi, le houblon le plus parfumé, cette bière jaune comme l'ambre de la Baltique, et fraîche comme l'eau des sources, ne valait pas mieux que cette grossière liqueur rouge que vous faites venir de si loin!

— Je suis de votre avis, dit Irénée, qui voulait à son tour plaisanter la jeune fille. Il me semble que quand on a le bonheur d'être assis en face de ces richesses du Nord, ce serait une profanation que d'y introduire une denrée étrangère. Cette bière est d'ailleurs d'un goût si exquis, que si l'on en avait une pareille en France, il est probable que les propriétaires du Médoc et du clos Vougeot arracheraient leurs ceps de vignes pour les remplacer par des sillons d'orge et des perches à houblon.

— Vous vous moquez de moi, mon cher cousin, reprit Alete, mais prenez-y garde !

— Peste! dit M. de Vermondans, il serait bien présomptueux celui qui, te connaissant, oserait exciter ton intarissable babil. Je ne pense pas qu'Irénée, qui a pourtant fait ses preuves de courage, puisse de gaîté de cœur affronter un tel danger.

— Deux officiers du roi contre une pauvre campagnarde !

s'écria gaîment Alete, la partie n'est plus égale, je vais chercher votre vin de Bordeaux.

Mal en prit à Alete d'abandonner ainsi la place. Car dès qu'elle fut sortie, l'entretien dont elle avait gaîment pris la direction retomba sur des questions qui l'obligeaient au silence, chose fort désagréable pour elle.

Irénée gémissait du débordement des idées démocratiques, de l'ébranlement de la chute des institutions aristocratiques et de l'autorité du droit divin, qu'il considérait, dans son chevaleresque enthousiasme, comme la première base de l'ordre social.

— Ah ! reprit Eric, d'un ton de voix qui semblait émue par une tendre pensée, cette sainte autorité se relèverait des vagues populaires qui menacent de l'engloutir, elle sortirait claire et brillante comme notre étoile polaire des nuages qui l'entourent, elle subsisterait dans toute sa force , si elle était exercée par des hommes qui comprissent les pieux devoirs qu'elle leur impose. Tout ce qui se rattache à cette loi primitive, à cette noble image du gouvernement de la famille, subsisterait encore, si chaque membre de la grande famille sociale voulait apprécier, à un juste point de vue, les conditions de son état, et en suivre chrétiennement les conséquences. Tout, pour moi, dans la pacifique et bienfaisante situation d'un Etat, repose sur un mot; cet unique, ce grand mot évangélique, que je voudrais voir inscrire sur le fronton des palais et sur la porte des chaumières : Charité ! charité !

Charité, c'est-à-dire, amour et compassion , les deux expressions en lesquelles se résument les joies et les misères de la vie humaine, les deux sentimens qui doivent la remplir, les deux vertus qui l'ennoblissent et la consolent. Que le riche soit charitable envers le serviteur qu'il assujettit à ses volontés, envers l'ouvrier qu'il emploie , envers le pauvre qui lui tend la main. Qu'il se dise chaque jour, en s'éveillant, chaque soir en s'endormant, que plus la Providence l'a fait puissant, plus elle lui impose par là même l'obligation d'aider, de protéger ceux qui l'entourent. Que le pauvre à son tour soit charitable envers le riche. Qu'il sache que nulle muraille de marbre, nul plafond doré ne peuvent mettre un prince à l'abri des anxiétés mortelles, que la douleur humaine pénètre sous le manteau de pourpre comme sous le haillon, et que, bien des fois, le grand seigneur, assis au sein de ses richesses, en face d'une table splendide, s'est surpris à envier l'humble toit et l'obscur repos de son charbonnier.

Si jamais, poursuivit Eric avec un accent d'enthousiasme,

je suis appelé à prêcher en chaire la parole de Dieu, c'est surtout sur ce texte que j'aimerais à composer mes sermons. Charité ! charité ! Par charité, je n'entends point la banale habitude d'une main qui, par une sorte de mouvement instinctif, laisse, en passant, tomber une aumône dans la sébile de l'aveugle, ni même la louable action d'une élégante dame qui, à certaines heures, se dit qu'elle sortira de son salon parfumé pour gravir les rudes escaliers d'une mansarde. Les vraies charités ne consistent pas tant dans les secours matériels que dans les dons du cœur, et tout individu, si faible qu'il soit, peut faire un précieux acte de charité. Apporter un légitime témoignage d'estime à un pauvre être calomnié, charité. Raviver un doux espoir dans une imagination surprise par le malheur, torturée par le doute, charité. Soulager, par une affectueuse parole, une âme trompée qui gémit de ses déceptions, charité. Etre doux, être bon envers quiconque s'approche de vous, indulgent envers celui que le prestige de la fortune aveugle, affectueux et prévenant envers celui dont elle trahit l'effort, ouvrir avec sympathie son cœur à toutes les plaintes, à toutes les maladies, à toutes les erreurs humaines, et il n'y a pas de jour où l'on ne puisse accomplir ainsi les meilleurs actes de charité. Faire la charité, c'est faire le bien. Un de vos illustres écrivains, Bernardin de Saint-Pierre, a dit : « Si chacun s'occupait de mettre l'ordre dans sa maison, l'ordre serait dans l'Etat. » Disons, nous aussi, que si chacun faisait autant de bien qu'il peut autour de soi, le bien général serait assuré.

— Cher, cher Eric, dit Alete attendrie en lui serrant vivement la main.—Puis, comme si la joyeuse jeune fille se fût reproché ce mouvement de sensibilité, elle se hâta d'ajouter avec un malin sourire : En vérité, vous n'avez pas besoin de monter en chaire pour prêcher d'une façon très édifiante. Vous nous traitez déjà comme vos futurs paroissiens, et vous faites le même honneur à notre cousin. Puisque vous êtes en si bonne voie, vous pourriez compléter son éducation. Cette belle France, dont on loue tant l'esprit et le savoir, montre, à ce que l'on m'a dit, un superbe dédain envers la science des autres contrées. Je suis sûre que mon honorable cousin a fort peu étudié l'histoire de Suède, cette magnifique histoire qui remonte, par ses royales généalogies, jusqu'au déluge. Vous pourriez, Eric, la lui enseigner. Ma savante sœur Ebba pourrait en même temps lui enseigner la langue suédoise, la plus belle, la plus harmonieuse langue du monde, et sans doute la plus ancienne, puisqu'il y a des savans qui prétendent que c'était la langue que notre père Adam parlaît dans le paradis terrestre. Quant à moi, comme je veux aussi remplir ma tâche, je guiderai mon cousin dans l'étude de l'histoire naturelle des gelinottes, des coqs de bruyère qui peuplent nos forêts, et des plantes aromatiques qui croissent sur nos collines.

— Vous croyez plaisanter, répondit Irénée, et moi je prends au sérieux votre proposition.

— Bah ! bah ! s'écria M. de Vermondans, il ferait beau voir un capitaine de lanciers se soumettre à des pédagogues comme un enfant, s'appliquer à des thêmes et à des versions comme un collégien.

— Pardon, cher oncle, reprit Irénée, ce que je connais de pire au monde est d'être inoccupé. Puisque les événemens me condamnent à l'oisiveté, je voudrais, s'il se peut, employer utilement mes loisirs. Je serai très reconnaissant envers Eric, envers mes deux aimables cousines, si tous trois veulent bien concourir à me donner l'instruction qui me manque. Je serai charmé d'étudier l'histoire de Suède, et cette langue, parlée par les personnes que j'aime le mieux au monde, et les productions de ce sol dont Alete doit être l'éloquent Buffon.

— Soit, dit M. de Vermondans qui, avec son éclectisme en matière politique, conservait, par une de ces contradictions d'esprit assez fréquentes, des idées fort arrêtées sur certains points. Soit. De mon temps, il ne nous venait point de pareilles fantaisies. Plus d'un émigré a passé dix ans de sa vie en pays étranger, sans se soucier d'en apprendre l'idiôme. Les jeunes gens de nos jours ne ressemblent plus à ceux d'autrefois. Le monde, que j'ai connu jadis si gai, si insoucieux, si charmant dans sa légère insouciance et sa galanterie chevaleresque, me fait à présent l'effet d'une immense école. Son atmosphère, jadis imprégnée de parfums, est maintenant remplie de je ne sais quelle odeur nauséabonde de livres poudreux ou de journaux humides. On ne rencontre que des gens possédés de la manie d'apprendre ou de la rage d'enseigner. Où en viendrons-nous, si nous nous laissons aller ainsi à ce sot orgueil de pédant, à ce misérable besoin de vouloir tout analyser ? Pour peu que nous continuions, le bon Dieu sera tenu en conscience de nous créer un nouveau monde, afin d'occuper la sublime intelligence des naturalistes, des physiciens qui, ce me semble, doivent avoir bientôt assez scruté et mesuré celui-ci.

Là ! là ! mademoiselle la savante, ajouta le vieillard, en voyant Ebba sourire à ces paroles ; je n'ignore pas qu'en ce moment j'ai l'air d'un hérétique. Vous avez mis votre joie à lire une quantité de livres ; mais je vous pardonne à vous, car vous ne vous pavanez point de ce que vous avez appris.

Vous n'êtes point de ces précieuses ridicules, comme j'ai eu le malheur d'en rencontrer quelquefois, qui, dès qu'on les aborde, vous lancent à la tête, comme une bombe, le nom d'un poëte ; puis, pour montrer la richesse de leur arsenal, en tirent aussitôt une cartouche philosophique, ou une armure d'algèbre.

Que le Seigneur me garde de ces femmes qui oublient les grâces naturelles de leur sexe en de tels exercices ! Qu'il me garde aussi de tous ces lauréats d'école qui ne peuvent voir un des phénomènes de la nature sans s'écrier aussitôt, avec une stupide satisfaction : Je connais la cause de ce phéno-mène !

Voyez un peu le doux plaisir que l'on me procure, si, lorsque je regarde un beau coucher de soleil, un bachelier tout frais émoulu vient me dire :

« Monsieur, voulez-vous que je vous explique de combien de nuances diverses se composent ces couleurs qui frappent vos regards, et avec quelle rapidité leur lumière arrive jusqu'à vous ? » Au nom du ciel, qu'on me laisse jouir en paix des dons de la Providence, admirer son œuvre dans la naïveté de mon cœur, sans m'inquiéter de découvrir par quelle opération de géomètre Dieu a réglé les contours du globe, et sur quelle palette il a, comme un peintre, broyé ses couleurs.

— Vous exprimez là, reprit Eric, un sentiment pieux et respectable qui, pourtant, permettez-moi de le dire, ne peut pas être pris d'une manière absolue. Nous ne devons point oublier que le plus beau don que Dieu ait fait à l'hom-me est celui de l'intelligence, et qu'un de nos premiers de-voirs est de chercher à développer cette intelligence par toutes les facultés, par tous les moyens d'application qu'il a mis en nous.

— Bien ! si vous étiez sûrs de ne pas vous égarer dans vos tentatives, si vous aviez, comme Tobie, un ange pour vous conduire dans le voyage aventureux que vous entre-prenez. Mais dans quel déréglement d'orgueil l'homme n'est-il pas tombé, depuis le fabuleux Prométhée, qui vou-lut dérober le feu du ciel, jusqu'aux très authentiques phi-losophes du dix-huitième siècle, qui éteignirent ce feu cé-leste dans les fumées de leur raison. Montrez-moi que ce que vous appelez fièrement la science humaine a, sur quelque point que ce soit, purifié, anobli le sentiment moral, et je m'incline avec vous devant vos rhéteurs et vos écrivains.

Mais de quelque côté que je me tourne, je ne vois que vaînes puérilités, inutiles labeurs, hypothèses douteuses, outrecuidance, mensonge. J'admets encore que vous comptiez dans ce fatras de livres qui remplissent les rayons de vos bibliothèques un bon nombre d'œuvres innocentes ou instructives. Eh bien ! ces œuvres mêmes prouvent votre impuissance.

De quelque façon que vous vous y preniez, vous ne parviendrez pas à développer également vos diverses facultés intellectuelles. Pour donner un plus large essor à l'une d'elles, vous réprimez celui des autres. En donnant à votre raison le rude aliment de vos argumentations d'école, vous oubliez les besoins de votre imagination. En éclairant l'esprit, vous laissez le cœur dans l'ombre. Vous vous applaudissez de trouver une solution à quelque problème dont on a longtemps cherché le dernier mot. Vos journaux scientifiques font là-dessus de nombreuses dissertations ; vos académies décernent à l'auteur de cette précieuse découverte des couronnes et des médailles. Personne ne songe que chacune de ces solutions brise un des anneaux de cette merveilleuse chaîne de symboles charmans, de croyances naïves qui jadis animaient, vivifiaient le peuple. Enlever le merveilleux à un peuple, c'est lui enlever la poésie, les émotions du cœur, les délicieuses féeries de l'imagination.

Les anciens étaient moins savans que nous et plus sages. Ils n'expliquaient point les phénomènes de la nature, ils les peignaient par une image gracieuse ou imposante. L'arc-en-ciel, réduit dans nos colléges à une composition matérielle, était l'écharpe d'Iris ; les Heures au pas léger couraient devant le char de la Nuit; l'Aurore aux doigts de rose ouvrait l'horizon au char du soleil. Quand la foudre grondait, c'était Jupiter qui faisait entendre sa grande voix aux mortels attentifs. Quand les montagnes volcaniques tremblaient, c'étaient les vieux Titans qui se retournaient sous leur amas de rocs dans l'éternelle douleur de leur expiation. Le moyen âge, plus naif encore, plus crédule et plus poétique, avait peuplé les airs, les champs, les bois, les eaux d'une foule d'êtres mystérieux qui parlaient aux sens et à la pensée, qui éveillaient dans l'âme de l'homme un doux sentiment de foi ou une crainte salutaire.

Maintenant, grâce à votre superbe raison, nous avons banni comme de folles chimères toutes ces créations de nos bons aïeux. Maintenant nous savons qu'il n'y a plus d'autre voix dans l'air que celle du vent et de la tempête, plus d'autres êtres dans les bois que les animaux dont on nous a minutieusement décrit la structure, plus de fées dans les vertes prairies, ni de génies invisibles attachés d'âge en âge au foyer de famille. L'homme appuyé sur sa raison aurait honte de se laisser émouvoir par un conte de revenans, il n'y a plus pour lui de terreurs superstitieuses, et je vois venir le jour où il n'y aura même plus de croquemitaine pour les enfans. Qu'avons-nous gagné à nous dépouiller de ce réseau de fictions si riantes ou si sérieuses, qui à chaque instant donnaient un grave ou léger essor à notre imagination ? En sommes-nous plus heureux, plus forts et meilleurs ? Hélas ! quant à moi, dussé-je passer pour un esprit fort arriéré, j'avouerai que je regrette ces temps de crédulité candide où chaque forêt sombre avait ses contes, chaque village sa tradition, chaque chapelle sa légende. Une des causes de mon affection pour ce peuple de Suède, au milieu duquel j'ai trouvé un paisible asile, c'est qu'il n'a point encore sacrifié aux belles leçons des temps modernes son ancienne poésie, c'est que dans la plupart des habitations champêtres de ce pays, il existe un grand nombre de chants populaires, de croyances traditionnelles, de coutumes domestiques qui rappellent les jours poétiques du moyen âge. N'est-il pas vrai, Ebba ? tu en sais quelque chose, car tu partages à cet égard mes prédilections, et je t'ai vue plus d'une fois écouter avec avidité les récits des bonnes vieilles femmes d'Aland.

— Oui, mon père, dit Ebba, qui avait écouté avec une vive sympathie cette longue dissertation du vieillard, tandis qu'Eric et Irénée en acceptaient avec une modeste déférence le côté paradoxal.

— En me donnant ma leçon de langue suédoise, dit Irénée, serez-vous assez bonne pour y joindre quelques-uns des récits qui m'intéressent aussi, je vous assure ?

— Si vous le voulez, répondit Ebba, qui, chaque fois qu'on lui adressait la parole, semblait surmonter avec peine sa timidité.

— Eh bien ! mon cher neveu, dit M. de Vermondans, avec Eric d'un côté, Ebba de l'autre, et la science pratique d'Alete, il me semble que tu es en mesure de faire un utile emploi de ton temps. Quant à moi, je ne puis t'offrir que quelques parties de chasse à l'ours, à l'élan, au renne sauvage. C'est un peu rude, et je ne pourrai t'y suivre ; mais je te donnerai pour guide un de mes gens qui déterre le gibier comme un fin limier et le poursuit comme un lion.

— A merveille, mon oncle ! Après une offre si attrayante, je n'ai plus qu'une crainte, c'est d'oublier, au milieu de tant de distractions, mon pays, mon régiment, et de devenir infidèle à mon roi.

II.

. Si Irénée n'eût point gaîment accepté le projet d'employer ses loisirs à l'étude, la rigoureuse saison dans laquelle il était entré en Suède lui en eût en quelque sorte fait une obligation. Aux jours de ciel clair, de froid sec, qui dans le cours des longs hivers égaient, animent parfois les habitans du Nord, succédèrent les jours de nuages et d'ouragans. D'épais tourbillons de neige flottaient dans l'air, couvraient les sentiers, s'amoncelaient sur le seuil des habitations. De toutes parts l'horizon voilé, le ciel noir semblait se resserrer autour de chaque demeure, comme une ceinture de fer. A quelques pas de distance, on ne distinguait plus une colline, une tige d'arbre. Tout était comme noyé et englouti dans un océan brumeux, dans ces mobiles colonnes de neige impétueuses et irrésistibles comme les trombes de sable du désert. Vers midi, une légère teinte de pourpre pareille à un crépuscule mourant brillait dans le sombre espace, un pâle rayon de soleil projetait à travers les nuages une lueur incertaine, puis bientôt tout retombait dans l'obscurité. On eût dit que le dieu du jour se retirait fatigué des régions qu'il essayait en vain de reconquérir. Nulle part le dogme symbolique de la lutte des ténèbres et de la lumière ne se manifeste en traits plus caractéristiques que dans la mythologie scandinave, et nulle part il n'apparaît physiquement sous une image plus nette que dans les contrées dévouées pendant des siècles à cette mythologie. En été, le soleil règne en souverain unique sur la nature du Nord, sans cesse il l'éclaire de sa couronne de feu, sans cesse il la garde comme un maître jaloux. S'il s'incline à l'horizon, si son disque enflammé disparaît derrière les cimes empourprées des montagnes, il n'abandonne que pour un instant ces régions polaires, il y laisse en se retirant une clarté semblable à celle de l'aube matinale, et bientôt il reparaît dans sa splendeur sans tache.

Mais en hiver, la nuit le chasse des régions animées, la nuit à son tour occupe le ciel boréal avec son sinistre cortége. De ses ailes noires elle enveloppe l'espace, et de son sein s'échappent la glace et la tempête. Parfois, pendant des semaines entières, l'orage est tel que l'on ne peut sans danger se hasarder en pleine campagne, et que la nécessité cruelle peut seule obliger le paysan à se mettre en route,

soit pour s'en aller vendre quelques denrées à la ville voisine, soit pour gagner quelques skellings en conduisant un
voyageur intrépide, ou pour jeter ses filets dans le fleuve,
dans le golfe qui lui donnent une de ses ressources essen-
tielles. La plupart du temps, les pauvres habitans du Nord,
enfermés dans leur demeure par des amas de neige, isolés
de leurs plus proches voisins, passent les longs jours d'hiver autour de leur foyer ; les hommes réparent les harnais
de leurs chevaux, les ferremens de leurs voitures, car dans
ces contrées où les habitations se trouvent disséminées à de
longues distances l'une de l'autre, il faut que chaque famille
pourvoie elle-même à ses besoins journaliers, que chaque
paysan soit à la fois quelque peu charron, sellier et charpen-
tier. Les femmes tournent leur rouet ou tissent diverses
étoffes. Dans plusieurs provinces, surtout dans celle où l'oncle d'Irénée s'était établi, il existe une industrie qui depuis
une vingtaine d'années a pris de larges développemens.
Chaque maison rustique est comme un atelier complet où
l'on tisse le lin. Il en sort des toiles d'une blancheur, d'une
finesse pareilles à celles des plus belles toiles de Hollande.
L'œuvre manufacturière commence après la moisson. Aux
premières soirées d'automne, les femmes, les jeunes filles
du village se réunissent tantôt chez l'une, tantôt chez l'autre avec leur quenouille ou leur faisceau de lin; elles se pla-
cent en cercle autour de l'âtre pétillant. C'est une charmante
chose à voir que cette assemblée d'ouvrières poursuivant en
conscience la tâche qu'elles se sont prescrite, tout en riant,
en causant, et quelquefois en prêtant, sans avoir l'air de les
entendre, une oreille complaisante aux doux propos des
jeunes voisins que l'amour attire de leur côté.

Souvent alors la respectable aïeule, dont les doigts raidis
par l'âge, ne peuvent plus tirer le fil menu de la quenouille
ou faire courir la navette, impose le silence à la troupe folâtre, en lui racontant une des mystérieuses histoires du
temps passé. Souvent aussi une des ouvrières entonne,
d'une voix fraîche, une des naïves mélodies du pays, dont
ses compagnes répètent en chœur le refrain. Après quelques heures de travail, un jeune homme se lève tout à coup
et donne un joyeux signal. Aussitôt, les chaises et les rouets
sont enlevés. L'atelier industrieux se transforme en salle de
bal. A défaut d'orchestre, un des assistans marque la mesure de la danse, par les modulations d'un chant tradition-
nel. Jeunes gens et jeunes filles se prennent par la main et
forment ensemble une de ces rondes champêtres, élément
de l'art chorégraphique. Puis on se quitte en se donnant

rendez-vous pour le lendemain, à un autre foyer, avec la même perspective de travail et de distraction. Toutes les ouvrières regagnent leur demeure, celles-ci, en énumérant avec gaîté les épisodes de la soirée, celles-là silencieuses, recueillies, songeant à un regard suppliant qui a rencontré le leur, à un serrement de main furtif qui leur a fait monter le sang au visage. Car plus d'une tendre liaison se forme dans ces heureuses soirées, et plus d'une jeune fille qui y arrive en automne le cœur libre en sort au printemps avec l'anneau de fiancée.

Un soir qu'elle venait de s'éloigner, une femme qui n'avait cessé de la regarder dit en soupirant : La bonne chère demoiselle ! Comme elle a l'air faible et malade !

— Oui, répondit à voix basse une de ses voisines, on croirait qu'elle a été à la danse des elfes.

— Qu'est-ce que la danse des elfes? demanda un jeune homme. J'ai déjà vu bien des danses, et je ne connais pas encore celle-là !

Les jeunes gens se retiraient à l'écart en silence, la mère de famille avançait pour elle près du foyer sa plus belle chaise. Mais les petits enfans, à qui elle apportait toujours des fruits ou des gâteaux, sautaient et criaient autour d'elle ; et les vieilles conteuses du village se réjouissaient aussi de son arrivée, car personne ne les interrogeait avec plus de bienveillance qu'elle et n'écoutait avec plus d'attention leurs légendes populaires. Sa taille frêle, ses formes gracieuses, son pâle et mélancolique visage, formaient un singulier contraste avec la physionomie de ceux qui l'entouraient. A la voir immobile et muette au milieu de ce cercle de joyeuses jeunes filles et de robustes jeunes gens, on eût dit une de ces créatures surnaturelles, une de ces féériques habitantes des bois ou des eaux dont elle aimait à entendre raconter la tradition. Elle entrait sans faire de bruit, elle se retirait de même; ses pieds légers semblaient ne pas toucher le sol, elle glissait et disparaissait comme un être aérien, laissant à tous ceux qu'elle venait de visiter une impression indéfinissable, et réveillant dans l'esprit de quelques-uns le vague souvenir d'une idée superstitieuse.

Quand le temps était beau, Ebba s'en allait quelquefois solitairement, par le sentier de la vallée, assister à ces réunions. Tout le monde se levait devant elle, avec un sentiment de respect et d'affection, car elle était bonne pour le pauvre.

—Que Dieu vous garde de la connaître, reprit celle à qui s'adressait cette question. Les elfes sont des êtres merveilleux qui viennent on ne sait d'où, qui vivent on ne sait comment, dans les gorges des montagnes, dans les bois. Probablement ils descendent d'une race humaine condamnée par le ciel, pour quelque grande faute, à rester sur la terre, privée de toutes nos joies et de toutes nos espérances. Ils n'entrent point dans nos villes et ne se mêlent point à notre société ; mais lorsqu'ils aperçoivent un passant solitaire, ils cherchent à l'attirer à eux, et ils exercent sur lui un pouvoir funeste.

Vous avez vu quelquefois ces grands cercles d'herbe foulée dans les prairies. Ce sont les elfes qui tracent ces cercles en dansant par les belles nuits de l'été au clair de la lune. Malheur alors au voyageur, malheur à la jeune fille attardée qui en ce moment passe par hasard près d'eux. Les elfes l'appellent à se joindre à leur danse, l'entraînent quelquefois de force, et dans les veines de celui qui y est entré coule un poison secret qui le fera languir, qui le fera mourir. J'ai peur, je vous le dis, que la bonne charitable Ebba n'ait été surprise ainsi quelque soir par ces êtres maudits, car elle a la pâleur du visage et la langueur du regard de ceux qui portent dans leur sein le philtre des elfes.

Assise, dès le matin, dans la chambre de son père, Ebba remplissait la tâche qui avait été proposée en riant et que son cousin avait prise au sérieux. Elle enseignait à Irénée les élémens de cette belle langue suédoise qui, de l'islandais dont elle dérive, remonte jusqu'aux langues antiques de l'Inde, berceau des fortes peuplades gothiques. « Il est doux, dit Byron, d'apprendre une langue étrangère par les yeux et les lèvres d'une femme. » Irénée goûtait la douceur de cet enseignement.

Sans être ce qu'on est convenu d'appeler une nature poétique, il se sentait agréablement ému par la poésie de sa situation, par cette belle jeune fille qui d'une voix suave lui donnait ses leçons, qui avec un affectueux sourire stimulait son zèle ou le réprimandait de ses erreurs d'écolier novice. De cet enseignement philologique, une question accidentelle, une citation, un mot la ramenait aisément à son domaine favori, à la mythologie du Nord.

Elle avait, dès sa première jeunesse, étudié ce dogme curieux des anciens Scandinaves, singulier assemblage de symboles terribles, d'images riantes empruntées aux régions fleuries de l'Orient, et de sombres conceptions enfantées sous les nuages du Nord.

Non-seulement elle en connaissait tous les détails, mais

elle vivait, en quelque sorte, dans le souvenir de ces traditions héroïques et religieuses, chantées en termes solennels
dans les dithyrambes de l'Edda, et racontées à chaque page
dans les sagas d'Islande. Bien qu'elle eût le cœur très chré-
tien, elle se surprenait à tout instant à parler comme une
petite païenne du bienfaisant Baldus, de Loki, l'esprit du
mal, et de Freya, dont les larmes d'or forment l'ambre de
la Baltique. Pour elle, le monde était encore peuplé de tous
ces êtres mythiques auxquels les naïves croyances du Nord
avaient donné la vie, et elle appliquait les fables des anciens
siècles aux phénomènes de la nature. Si la foudre grondait,
c'était le dieu Thor, armé de son puissant marteau, qui se
promenait sur son char d'airain ; si le ciel était pur et brillant, c'étaient les Alfes lumineux qui éclairaient l'horizon.

Dans ce panthéisme de la mythologie scandinave, moins
gracieux, moins séduisant, mais non moins étendu que celui
de la mythologie grecque, tout ce qu'elle voyait et tout ce
qu'elle entendait avait pour elle un caractère d'existence
mystérieuse. Les plantes étaient arrosées par l'écume que
le cheval de la Nuit répand sur la terre en secouant sa cri-
nière, en agitant son frein.

Les corbeaux possédaient un don prophétique ; l'aigle
planant dans l'espace lui rappelait l'aigle éternel qui repose
sur les rameaux de l'Ygdrasil, l'arbre du monde. Une source
sombre cachée au sein des bois était pour elle l'emblème
de cette source profonde près de laquelle les Nornes filent
et coupent le tissu de la vie des hommes. A ces traditions
d'une mythologie antérieure au christianisme elle joignait
dans sa poétique mémoire les légendes populaires du moyen
âge. Si la nuit, les sifflemens des vents, les grésillemens de
la pluie, le murmure des arbres, produisaient à son oreille
une rumeur confuse, elle croyait entendre les aboiemens des
chiens, les sons du cor, les cris du féroce chasseur condamné à errer sans cesse de vallée en vallée, de montagne en
montagne, pour avoir profané le saint jour du dimanche. Si,
par une paisible journée, elle contemplait la surface dorée
et azurée d'un lac, elle croyait voir au fond de son onde
transparente les pointes des clochers, les toits des maisons
d'une ville que Dieu avait punie de son impiété en l'englou-
tissant dans cet abîme.

Si elle s'arrêtait au bord d'une rivière rapide, au pied
d'une cascade, elle disait que ce bruit harmonieux de leurs
flots venait du Stromkarl. Le Stromkarl a une harpe d'argent
sur laquelle il joue neuf mélodies. Si par quelque présent on
gagne sa faveur, il enseigne à celui qui l'invoque plusieurs

de ces mélodies. Mais malheur à l'homme qui voudrait connaître la neuvième. Il ne pourrait en surmonter le charme surnaturel, et il tomberait victime de son imprudente témérité.

Un soir que toute la famille était réunie autour du poêle de faïence avec Eric, soudain le ciel, qui le matin avait été chargé de nuages épais, resplendissait comme par l'effet d'un immense incendie. L'aurore boréale, ce merveilleux phénomène du Nord, brillait à l'horizon, et peu à peu étendait, de côté et d'autre, ses ailes lumineuses. Dans ses rapides mouvemens et ses vives évolutions, tantôt elle apparaissait avec les couleurs diáprées de l'arc-en-ciel, tantôt elle étincelait comme des masses de fusées, puis elle se transformait en une vaste nappe blanche scintillante comme la voie lactée, puis aussitôt elle reprenait un splendide éclat et se déroulait comme un immense manteau d'or et de pourpre. Un instant après ses rayons s'alignaient, s'effaçaient dans l'espace, se rapprochaient l'un de l'autre et se croisaient comme les mailles d'un réseau ; ensuite on les voyait s'arrondir en arcs, s'élancer en pointes aiguës, se serrer en gerbes, et quelquefois former une couronne. On eût dit le jeu d'un kaléidoscope dans lequel la main d'un magicien aurait réuni des jets de lumière oscillant et flottant sous toutes sortes de formes. En même temps, on entendait dans l'air une espèce de crépitation pareille à celle d'un feu d'artifice.

Eric, à qui on avait demandé l'explication de ce phénomène, analysait les théories que les savants ont publiées à ce sujet dans diverses dissertations, notamment dans les Mémoires de l'Académie de Copenhague. Il disait que c'était là encore un de ces mystères dont nul physicien n'avait pu jusqu'à présent donner la solution ; que, de toutes les hypothèses établies sur ce point, la plus spécieuse était celle qui attribuait l'apparition de l'aurore boréale au reflet des glaces polaires.

— Et vous, ma savante fille, qu'en pensez-vous ? dit M. de Vermondans en s'adressant à Ebba qui, les mains croisées sur la poitrine, observait dans un religieux silence ce spectacle dont elle était témoin chaque hiver, et que chaque hiver elle voyait avec une nouvelle émotion.

— Moi, répondit Ebba, je n'ai pas lu comme Eric les dissertations des académies. Mais, puisqu'elles n'expliquent point la cause, les mouvemens de l'aurore boréale, j'aime mieux m'en tenir à la simple et religieuse tradition d'un peuple ignorant, à la tradition des Groënlandais, qui prétendent que les rayons de l'aurore boréale viennent de la lueur des âmes errant à la surface du ciel.

— Sur ma foi, s'écria M. de Vermondans, voilà une idée qui me plaît. Elle ne résout pas plus que les théories des physiciens le difficile problème de l'aurore boréale, mais elle est plus poétique. Cette tradition vient à l'appui de la pensée que je soutenais l'autre jour, sur les vaines spéculations de la science, comparées aux naïves et charmantes conceptions des cœurs ignorans.

— Il est vrai, reprit Eric, qu'il y a dans l'enfance des peuples, comme dans l'enfance de l'homme, une poésie gracieuse, une entente idéale et spiritualiste de la nature qui ne résiste point aux graves impressions, aux raisonnemens de l'âge mûr. C'est ainsi que, dans les tribus sauvages de l'Amérique du Nord, la pauvre mère qui a perdu un enfant pense respirer son âme dans les parfums des fleurs, et l'entendre soupirer dans le chant de l'oiseau. C'est ainsi que nos voisins les Lapons attachent encore une croyance touchante à un grand nombre d'incidens physiques.

Lorsque l'un d'eux tombe malade, ils disent que son âme a été appelée dans l'autre monde par les âmes des êtres chéris qu'il a perdus, et qu'elle a quitté son corps pour se rendre à leurs prières, pour s'aventurer à leur suite dans leur dernière demeure. On fait venir alors un sorcier qui se jette la face contre terre, qui, par ses paroles mystérieuses, conjure l'âme vagabonde de revenir. Si elle cède à ses supplications, si elle revient habiter le corps qu'elle a quitté, bientôt le malade reprend ses forces et sa vie ; sinon, il doit languir dans son attente inutile et mourir. De tels exemples et un grand nombre d'autres qui s'offrent à nous de toutes parts, dans les dogmes religieux de l'Inde, dans les contes merveilleux de l'Orient, dans les traditions populaires du Nord, prouvent assez ce qu'il y a de fleurs de poésie, de parfums printaniers, de grâce inimitable dans les sociétés primitives dont l'ignorance d'ailleurs nous choque et dont nous condamnons les grossiers usages. Mais croyez-vous que la science n'ait pas aussi sa poésie ? Si par poésie vous entendez, comme je me plais à le supposer, tout ce qui émeut noblement la pensée, tout ce qui élève et exalte l'intelligence, croyez-vous qu'il n'y ait pas une haute et grande poésie dans les études du géologue qui, en fouillant les entrailles de la terre, vous montre par les différentes couches dont elle se compose les diverses révolutions qu'elle a subies ; dans les recherches du naturaliste qui, par les débris des animaux fossiles, vous montre les vestiges d'une créa-

tion antédiluvienne ; dans les observations de l'astronome
qui vous explique la configuration, le mouvement harmonieux de ces mondes lumineux situés à des millions de lieues
du nôtre? Croyez-vous qu'il n'y ait pas encore de la poésie
dans le développement le plus matériel en apparence des
sociétés civilisées ; dans cette activité industrielle qui creuse
des canaux, perce des montagnes, dompte les élémens et
asservit la terre, les eaux, aux volontés de l'homme ?

—Ah ! sans doute, j'éprouve une très agréable émotion à
retrouver dans une ancienne coutume les traces du religieux
esprit de nos pères, à entendre raconter leur légendes ou
chanter leurs mélodies. Mais cette émotion ne m'empêche
point de sentir celle qui doit naître du spectacle imposant
des progrès de la civilisation, pas plus que le plaisir que je
goûterais à me reposer au bord d'une source fraîche mysté-
rieusement cachée au fond des bois ne m'empêchera d'aimer à voir le fleuve majestueux qui se déroule au loin et sur
lequel flotte la voile du navire, la fumée du bateau à vapeur.
Le beau idéal serait d'éclairer notre esprit par toutes les lumières de la science et de garder en même temps la candeur
innocente de notre cœur. C'est ainsi que nous obéirions à
cette sentence de l'Evangile, où il est dit : Vous n'entrerez
point au ciel si vous ne restez pas semblables aux petits enfans. Etre enfant par la simplicité du cœur, être homme par
le travail de l'intelligence, voilà ce que nous devrions nous
proposer.

— Oui, reprit M. de Vermondans, c'est là assurément un
noble but. Mais qui peut se flatter de l'atteindre ? L'orgueil
naît à votre insu du travail de votre intelligence , et dès que
vous êtes atteint par le poison de l'orgueil, adieu la naïveté
de votre cœur. Je veux bien reconnaître avec vous les résultats incontestables de la science. Mais avouez une chose ;
c'est que toute la science de vos philosophes, de vos mathé-
maticiens, ne parviendrait pas à donner au peuple une de ces
saintes coutumes des temps passés. En recherchant ce que les
prétendus sages de l'antiquité ont fait pour anoblir l'état
moral de l'homme, je ne vous parlerai point de ces cérémonies désordonnées, de ces fêtes burlesques ou honteuses in-
ventées par les révolutionnaires de 1793. C'était une œuvre
de désordre et de frénésie. Mais citez vous-même la plus
pure, la plus solennelle des inventions scientifiques, compa-
rez-la à cette fête de Noël que le paysan Suédois va célébrer
dans quelques jours, et dites-moi de quel côté est l'émotion
vraie, le bien-être moral, la vivace satisfaction du cœur.
Alete, donne-moi ma pipe.

Ces derniers mots étaient le signal de retraite de l'honnête vieillard, quand il se sentait fatigué de la longueur d'un entretien où pressé sur le terrain de ses idées favorites par des argumens auxquels son esprit, parfois si judicieux et parfois paradoxal, avait de la peine à résister.

Alete se hâta d'aller chercher la longue pipe en racine d'érable qu'elle remplit elle-même de tabac avec ses jolis doigts. Eric se tut avec respect. Un doux sourire de sa fiancée, un regard sympathique d'Ebba le récompensaient assez de ses déférances. Quand il vit M. de Vermondans assis dans son fauteuil et humant avec sensualité l'arôme de son tuyau d'ambre, il se rapprocha de lui et lui dit : Puisque vous venez de penser à la fête de Noël, vous n'oublierez pas qu'à cette époque nous vous attendons à la maison avec Alete, Ebba et Irénée.

— Oui, mon cher Eric, répondit M. de Vermondans, j'aime beaucoup votre père, et je serai très heureux d'aller passer une journée avec lui.

— Oui, mon cher Eric, dit en riant Alete, j'aime beaucoup votre père ; mais faites un peu attention aux préparatifs de votre vieille Marguerite. Je veux être reçue comme une princesse, et si l'on ne tire pas pour moi toute l'argenterie de l'armoire, si la table n'est pas couverte du plus beau linge et chargée d'une pyramide de gâteaux, si les meubles ne sont pas frottés et luisans comme des miroirs, et le corridor et le salon, et la salle à manger, éclairés comme pour un jour de noces, je mets toute la maison sens dessus dessous.

— Bien, bien, dit Eric, vous êtes la reine de cette maison, mon père lui-même ne demande qu'à vous en remettre la direction, et vous pouvez la réformer à votre guise.

III.

Quelques jours après cette visite d'Eric, le domestique de M. de Vermondans tirait de la remise deux élégans traîneaux garnis de peaux de loups et de peaux de renards, et attelait à chacun de ces légers véhicules un cheval fringant dont l'air froid du matin animait encore l'ardeur. M. de Vermondans s'assit avec Alete dans le premier traîneau ; Irénée avec Ebba dans le second.

— Y sommes-nous? dit le vieillard, en tenant d'une main ses rênes et de l'autre son fouet.

— Oui, répondit Irénée, après avoir enveloppé avec un

soin fraternel le corps délicat de sa jeune compagne dans une ample fourrure d'Astracan.

—Eh bien! partons. Et les chevaux, auxquels la bride fut lâchée, s'élancèrent au galop du côté de la demeure du pasteur.

—Je suis bien contente, dit Ebba à Irénée, que vous vous trouviez en Suède à cette époque, pour nous si solennelle.

— Vous célébrez donc pompeusement cette fête de Noël ?

— Je ne pense pas que dans aucun pays on la célèbre avec tant de joie et tant d'unanimité, depuis les plages méridionales de notre royaume, jusqu'aux dernières limites du Nord, dans les villes comme dans les villages, et dans la maison du riche comme dans celle du pauvre.

— Je suis sûr qu'il y a dans cette fête de touchans usages que vous connaissez parfaitement. Vous me feriez grand plaisir si vous me les racontiez. Tout ce que vous m'avez déjà dit des légendes et des superstitions populaires de votre pays est pour moi comme un monde nouveau dans lequel, je vous assure, il m'est très doux d'entrer.

—Si je ne craignais, reprit Ebba, de vous paraître un peu pédante, je vous dirais ce que j'ai appris d'Eric sur l'origine de cette belle fête de Noël. Il paraît qu'elle remonte très haut, bien au delà du temps où le christianisme fut implanté dans le nord. Nos ancêtres païens célébraient ce jour-là le solstice d'hiver, de même qu'au 25 juin ils célébraient le solstice d'été. Le nom primitif de cette fête, qui est encore celui que nous employons, indique une idée astronomique. On l'appelle *Julfest* (la fête de la Roue), sans doute la roue du soleil, dont les évolutions sont marquées au 25 décembre par le jour le plus court, et au 25 juin par le jour le plus long de l'année. Quoi qu'il en soit de la nature primitive de cette fête que je me borne à vous indiquer, le christianisme lui a donné un caractère auguste. Ce n'est plus pour nous un symbole matériel, c'est la commémoration du jour où, dans une pauvre crèche, naquit l'enfant divin qui devait sauver le monde. Ce jour-là, il semble que nos bons Suédois entendent, comme les pâtres de Bethléem, annoncer la bonne nouvelle, car chacun veut se réjouir. Les tribunaux et les écoles sont en vacances, les affaires sont suspendues. Les parens et les amis s'en vont l'un chez l'autre, non point pour accomplir un devoir banal de politesse, pour déposer en courant une carte de visite chez un concierge, mais pour passer ensemble de longues heures dans une douce gaîté et un heureux épanchement de cœur.

Sur toutes les grandes routes, sur tous les chemins de traverse, vous voyez courir des traîneaux chargés de voyageurs. C'est une fille mariée loin de la maison paternelle, qui dans ce temps de joie universelle retourne au foyer de famille. C'est un fils qui, de l'université où il étudie, de la ville où il est employé, revient embrasser sa mère. Le soldat qui toute l'année a supporté patiemment les rigueurs de sa garnison cesse d'accuser les obligations de son rude métier, si à cette époque il obtient un congé de quelques semaines. Le marin qui revient des régions lointaines interroge avec inquiétude le ciel et la mer, et redouble de zèle et d'activité dans l'espoir d'atteindre la côte de Suède au temps de Noël. Partout les habitations sont ouvertes, et la table est mise en permanence. Tout est lavé, nettoyé avec soin, car c'est l'honneur d'une bonne femme de ménage de faire voir en ces jours-là son esprit d'ordre et de vigilance. Chez les riches brillent le linge damassé et les tentures aux vives couleurs ; chez les pauvres, des branches de sapin odorant jonchent le sol, et des rideaux en toile nouvellement blanchis parent les fenêtres. On arrive auprès de l'âtre hospitalier. Un des garçons de la maison conduit votre cheval à l'écurie ; un autre prend votre pelisse et l'étend devant le feu pour la faire sécher. Le mère de famille vous offre, en attendant le dîner, le verre d'eau-de-vie ou le verre de bière préparée exprès pour Noël, et qu'on appelle *Julœl*. La jeune fille vous présente les gâteaux qu'elle a elle-même pétris. On se serre les mains cordialement, on se fait des présens, précieux ou modiques, n'importe, c'est un souvenir de Noël, c'est un gage d'union.

Chez un grand nombre de paysans, tous les souliers de la famille sont le soir, en signe de cette union, rangés l'un à côté de l'autre. Chez beaucoup d'entre eux aussi, avant et après le repas, on chante un hymne religieux ; puis le dîner fini, vieillards et jeunes gens, enfans et fiancés, se mettent à danser gaîment. Les domestiques sont de la fête comme les maîtres, et le mendiant qui s'approche du seuil de la porte reçoit un bon accueil : car c'est le jour où le Dieu de miséricorde est descendu sur la terre pour sauver indistinctement tous les hommes, pour enseigner aux petits comme aux grands la fraternité de l'Evangile. En ce temps de sympathie universelle, les animaux mêmes ne sont pas oubliés. On porte à l'étable une plus grosse ration de foin et d'avoine, on répand sur la neige des grains d'orge pour les pauvres oiseaux qui ne trouvent plus rien à glaner dans les champs, et qui, en se précipitant sur cette pâture inattendue, semblent, par leurs cris joyeux, chanter aussi la fête de Noël. Dans quelques villages, on se souvient même encore des Tomtegubbar, c'est-à-dire des petits génies invisibles qui protègent la maison, et l'on dépose pour eux des vases de lait sur le plancher. D'autres superstitions se mêlent encore à cette fête religieuse. Ainsi, dans plusieurs habitations rustiques, on étend sur le sol une couche de paille. Les enfans, les domestiques y reposent ensemble l'un à côté de l'autre pendant la nuit. Le lendemain, on porte cette paille dans la basse-cour, dans la grange, et l'on croit qu'elle préserve les volailles des oiseaux de proie, et le bétail des maléfices. On répand aussi cette paille dans les champs, autour des arbres fruitiers, et l'on croit qu'elle protège la récolte. Le soir aussi, on allume des flambeaux qui doivent brûler toute la nuit; si l'un d'eux vient à s'éteindre ou s'il se consume entièrement avant le jour, c'est un signe de deuil, un signe que dans le cours de l'année quelqu'un mourra dans la maison. Enfin on s'imagine trouver au jour de Noël une révélation de l'avenir. Il faut, pour l'obtenir, se lever avant l'aube, aller à jeun, silencieusement, dans la forêt, sans prononcer une parole, sans regarder autour de soi. Si, au lever du soleil, on arrive ainsi sur le chemin de l'église avant le premier chant du coq, on voit passer les cercueils de ceux qui mourront dans l'année, et en tournant alors la tête de côté et d'autre, on saura si la moisson sera bonne et si nul incendie n'éclatera dans le village.

Tandis qu'Ebba racontait ces usages et ces superstitions de la Suède, les traîneaux glissaient rapidement sur une neige aplanie depuis plusieurs jours par une quantité d'autres voitures, et durcie par le froid. Bientôt on aperçut la pointe de l'église où le père d'Eric remplissait depuis plus de trente ans, avec honneur et dignité, ses fonctions de prost. Une cinquantaine de maisons s'élevaient en amphithéâtre sur la pente d'une colline en face de la mer. Entre toutes, on en distinguait une aux dimensions plus larges, à un double étage construit en pierres, chose assez rare dans ces contrées où les habitations champêtres n'ont ordinairement qu'un rez-de-chaussée bâti en bois. D'un côté, cette maison touchait à une belle et vaste église, de l'autre à un large enclos. Les deux rangées de fenêtres de sa façade principale s'ouvraient sur le golfe, et devant la porte d'entrée était une terrasse d'où la vue s'étendait au loin. En ce moment le soleil colorait d'un vif éclat les vitres polies de ces fenêtres, et la plaine où scintillait un immense tapis de neige, et la mer serrée par une frange de glace sur ses bords, déroulant plus loin ses vagues libres et azurées, et les forêts qui apparaissaient çà et là dans leur sombre verdure et leur muette majesté, tout ce vaste espace silencieux, inanimé, et ce petit village où l'on distinguait déjà le mouvement d'une population joyeuse, offrait aux regards surpris d'Irénée un tableau qui, dans son large contraste, présentait, au milieu de la solitude la plus imposante, une riante scène de la vie humaine.

— Cette maison, dit Ebba, qui, je le vois, a fixé votre attention, est celle du père d'Eric, un bon et vénérable vieillard dont toute la vie a été un modèle de sagesse et d'occupations utiles. Il a fait beaucoup de bien autour de lui, par son enseignement religieux et par son expérience agricole: car un grand nombre de prêtres, en Suède, exercent la double mission d'apôtres et d'agriculteurs. La meilleure part du revenu de certains pastorats se compose du produit d'une ou plusieurs terres dont ils ont été dotés. Si le prêtre n'a point de goût pour les travaux des champs, il afferme ces terres, et en perçoit tranquillement les redevances. Mais il en est qui veulent eux-mêmes administrer leurs domaines, présider à la semence de leurs sillons et surveiller leurs récoltes. Ceux-là rendent d'importans services aux districts qu'ils occupent. Ils donnent aux paysans l'exemple du travail, ils introduisent dans les campagnes tantôt une amélioration agronomique qui leur est révélée par la science, tantôt l'emploi d'une nouvelle machine.

Le père d'Eric a été un de ces prêtres laborieux. Pendant plus de vingt années, sans jamais négliger aucun de ses devoirs sacerdotaux, il a lui-même exploité une assez grande ferme qui appartient à son presbytère. Il a donné des leçons d'agriculture aux paysans du village, des leçons soutenues par l'autorité de son succès, car nul champ n'était plus fructueux que le sien, et dans nulle étable on ne voyait un si beau bétail. Mais aussi, quelle activité !

Et que de fois ses paroissiens l'ont vu braver, avec une vigueur qu'ils admiraient, les ardeurs de l'été et le froid glacial de l'hiver ! A présent, les infirmités de l'âge l'éloignent de ces rudes travaux. Cependant il ne cesse de correspondre avec diverses sociétés d'agriculture, d'étudier les nouvelles méthodes agronomiques, d'éclairer et d'encourager ceux qui ont recours à ses conseils. C'est un de ces hommes d'élite qui possèdent à la fois les qualités de la vie contemplative et les dons de la vie pratique.

— Qu'il m'est doux, dit Irénée, de reposer ma pensée dans l'asile que vous m'avez ouvert. Depuis mon arrivée ici je n'ai rencontré que des cœurs honnêtes, je n'ai vu que les doux tableaux d'une pure et paisible existence. Quelle différence avec mon pays où tout est maintenant livré

à l'agitation des partis, au désordre des passions politiques!
Et cependant je le regrette, ce pays, au milieu même du
calme que j'ai trouvé près de vous. Je l'ai vu si grand, si
prospère, et je croyais son avenir si assuré !

— Consolez-vous, mon cousin, répondit Ebba. Vous le reverrez, ce pays que vous ne pouvez, que vous ne devez pas
cesser d'aimer. Vous le reverrez dans l'état normal dont il
n'est sorti que par une crise violente. Il y a des maladies morales qui atteignent les hommes comme les fléaux physiques.
Dieu, pour châtier les erreurs d'un peuple, pour abaisser
son orgueil, le frappe d'une de ces contagions de l'esprit, le
livre à l'effervescence de ses mauvaises pensées, jusqu'à ce
que ce peuple corrigé, humilié, s'incline sous le bras ven-
geur, se repente de ses fautes et rentre dans la voie d'ordre
dont il a eu le malheur de s'écarter.

Irénée contempla d'un œil étonné celle qui lui parlait
ainsi. La jeune fille si timide semblait comme une prophé-
tesse animée par une haute inspiration, une teinte de pourpre brillait sur son pâle visage, et dans ses grands yeux
bleus il y avait une vive expression d'enthousiasme.

— Vous êtes une noble créature, dit Irénée en lui prenant
la main. Mais la main d'Ebba resta dans la sienne immobile
et froide, l'incarnat de ses joues s'évanouit, et sur sa figure
reparut l'ombre austère de sa mélancolie.

En ce moment, le traîneau de M. de Vermondans atteignit
le terme de sa course. Eric, qui l'attendait sur le perron,
serrait la main de son beau-père, aidait Alete à mettre pied
à terre, puis venait remplir près d'Ebba et d'Irénée le même
office, tandis que des domestiques dételaient les chevaux
écumans.

Dès son entrée dans la maison, la petite caravane put
voir que le fidèle Eric avait pris à tâche d'éviter les reproches de sa belle fiancée. Le parquet du corridor était si
proprement lavé et essuyé, qu'on eût dit qu'il venait de recevoir le dernier coup de rabot du menuisier. Par la porte
entr'ouverte de la cuisine on voyait flamber un large bra-
sier, on apercevait un amas de provisions, on entendait un
cliquetis d'assiettes et de casseroles. L'antichambre était
couverte de tapis en laine, et le sapin de Noël, arraché la
veille à la forêt voisine, se dressait fièrement dans une
large caisse, ornée de guirlandes de mousse, comme s'il eût
su quel grand rôle il devait jouer en ce jour de fête.

En passant de l'antichambre dans la salle à manger, Alete
s'arrêta à observer la disposition de la table; et à la vue
d'un faux pli sur la nappe, elle allait probablement décocher

une de ses légères épigrammes ; mais la porte de la pièce voisine s'ouvrit. Sur le seuil de cette porte apparut un beau vieillard, le corps revêtu d'une longue redingote, la tête couverte d'une calotte en velours noir d'où s'échappaient de longues touffes de cheveux blancs. C'était le père d'Eric. Alete s'inclina respectueusement à son aspect.

— Venez, ma chère fille, dit le pasteur, en lui donnant avec une gracieuse dignité un baiser sur le front, et vous, mon bon ami, dit-il en tendant la main à M. de Vermondans, et vous ma douce Ebba, que je chéris comme si vous deviez être aussi ma fille ; et vous, Monsieur, ajouta-t-il en se tournant vers Irénée, vous que je n'ai point encore eu l'honneur de voir, que je reçois pourtant comme un ami, soyez tous les bien venus au foyer du vieux prêtre, et puisse ce saint jour de fête être pour nous une heureuse commémoration du passé, un lien de plus pour l'avenir !

Le vieillard conduisit ses hôtes dans son cabinet, où une bibliothèque assez considérable, quelques instrumens de physique, quelques modèles d'ustensiles d'agriculture, témoignaient de ses goûts favoris et de ses habitudes studieuses. Il s'assit sur une chaise longue, dont la faiblesse de ses jambes lui rendait l'usage nécessaire, et fit asseoir ses convives à côté de lui. Alete, qui ne pouvait rester en place, se leva bientôt et conduisit Eric près de la fenêtre. Tandis que, selon sa coutume, elle éprouvait le patient caractère de son fiancé par ses plaisanteries, le vieillard s'entretenait gravement avec Irénée qui, dès le premier abord, avait été séduit par l'attrayante et vénérable expression de sa physionomie.

— À tous ces instrumens de travail rassemblés autour de vous, je vois, disait Irénée, que vous avez trouvé un sûr moyen de vivifier votre solitude, et ma cousine Ebba m'a déjà raconté combien vous aviez utilement employé votre temps.

— Utilement, répondit M. Guldberg, avec une modestie sincère. Hélas ! agissons-nous aussi utilement que nous le devrions ? Combien il y a de faiblesse dans notre volonté et d'oubli dans nos meilleures résolutions ! Si, par la grâce du Ciel, nous parvenons à opérer quelque bien, qu'est-ce que ce peu de bien comparé à tout ce que nous devrions tenter d'accomplir ? J'aime le travail, mais je ne puis m'en faire un mérite. Dans ma jeunesse, ce fut pour moi une nécessité de m'y livrer. Fils d'un simple laboureur, qui gagnait péniblement l'argent qu'il payait pour moi à l'école, je devais, coûte que coûte, essayer de le récompenser de sa tendresse paternelle par le succès de mes études. Je devais, par le fruit de mes propres œuvres, l'affranchir au plus tôt de ses sacrifices. Peu à peu, le travail est devenu pour moi une habitude, puis je m'en suis fait une sorte de religion. Je me sens attiré par une sympathie fraternelle vers l'homme qui travaille. Je regarde avec respect le front baigné de sueur et la main endurcie par la fatigue du labeur. Dieu lui-même nous a fait une loi du travail, et dans sa bonté infinie, il a joint à l'accomplissement de cette loi une source inépuisable de joies et de consolations. Certes, il n'est pas une personne de cœur qui n'éprouve une charitable compassion à la vue du pauvre ouvrier qui, du matin au soir, emploie toutes ses forces à gagner un modique salaire, à la vue du laboureur qui doit braver toutes les intempéries des saisons, pour ensemencer ses champs et pour en recueillir la moisson. Cependant cet ouvrier, ce laboureur est souvent plus heureux que la plupart des riches qui en passant daignent lui accorder un regard de pitié, car il a suivi la ligne de son devoir. Quand sa tâche est finie, il s'asseoit, dans la paix de son âme, à son humble foyer. Le bois qui pétille dans ce foyer, le pain qui est sur sa table, il les a gagnés par son travail ; l'enfant qui joue autour de lui, il l'élève par son travail, et lorsqu'il se repose sur sa couche rustique, il peut se dire en s'endormant qu'il a rempli sa journée. Que de sollicitudes pénibles qu'il ignore et qui obsèdent l'esprit des riches! La continuité de son travail est pour lui comme une cuirasse qui le défend des passions orageuses. Sa porte est fermée aux sombres chimères, aux folles fantaisies qui peuplent l'enceinte des palais, et sur son rude oreiller il jouit d'un paisible sommeil que le seigneur de son village implore souvent en vain.

Quand je loue ainsi l'efficacité du travail, il est bien entendu que je ne parle pas seulement du travail manuel. Le travail de la pensée n'est-il souvent pas plus pénible, et ses résultats ne sont-ils pas infiniment plus grands ?

— Prenez garde, dit Irénée en souriant, vous touchez dans le cœur de mon oncle une corde sensible.

— Oui, oui, reprit le vieillard, Eric m'a raconté vos discussions à ce sujet ; mais je connais mon ami M. de Vermondans, et quelque dédain qu'il ait affecté devant vous pour la science, je crois qu'il serait bien désolé de ne pas savoir tout ce qu'il sait, tout ce dont il a fait un si bon usage dans le cours de sa vie. En attaquant dans vos entretiens les livres et les écrivains, il ne vous a pas dit que de livres il était venu m'emprunter, et avec quelle ardeur il les avait lus!

— Quels livres? s'écria M. de Vermondans, quelques ou-

vrages d'histoire incomplets, quelques volumes dépareillés
de philosophie ; il faut bien examiner les rêveries de l'orgueil humain pour pouvoir les juger.

— Ah ! traître ! répliqua M. Guldberg, en menaçant du
doigt avec un affectueux sourire son vieil ami, non seulement vous persistez dans votre hypocrisie, mais vous atta-
quez encore ma bibliothèque. Quelques ouvrages incomplets ! quelques volumes dépareillés ! Faut-il donc vous rappeler avec quelle admiration vous avez souvent contemplé
ma collection de livres, avec quelle joie vous y avez puisé !
Faut-il donc, ingrat ! que j'en vienne à défendre devant vous
cette collection ! Mais sachez donc qu'attaquer mes chers livres,
c'est m'attaquer moi-même. J'ai passé quarante ans de ma
vie à les rassembler, et il n'en est pas un auquel je n'attache
quelque doux souvenir. Ceux-là datent de ma vie d'étudiant ;
ceux-ci de mon entrée dans le sacerdoce ; d'autres de l'époque de mon mariage et des différentes phases de mon existence. Il en est que j'ai découverts avec bonheur dans une
rustique cabane où ils gisaient inutiles et oubliés ; il en est
que j'ai rapportés d'un voyage à Stockholm, d'une excur-
sion au chef-lieu du diocèse, d'une visite à un ami. Tous
sont ainsi pour moi non seulement des maîtres complaisans,
des guides habiles, ce sont autant de témoins des divers
événemens par lesquels j'ai passé, et, pour ainsi dire, autant de jalons dans l'obscure histoire de ma vie. Peu à peu,
j'en suis venu à réunir autour de moi les différentes séries
d'ouvrages qui m'intéressent le plus. Lorsque je suis seul ici
dans ma retraite champêtre, c'est ma société, une noble et
charmante société, tout ce qu'il y a de plus instructif dans
l'esprit de l'homme, de plus éloquent dans son génie. Là
sont les philosophes qui m'aident à scruter les mystères de
l'âme, les historiens qui me racontent les révolutions des
peuples, les géologues et les physiciens qui m'apprennent à
connaître les lois organiques de la nature, les poëtes qui me
chantent les douces ou tristes émotions du cœur. Dans quelque disposition morale que je me trouve, je n'ai qu'à éten-
dre la main vers une de ces tablettes pour y prendre posses-
sion d'une de ces intelligences d'élite qui m'éclaire, qui me
fortifie, ou qui me console.

— Ah ! que tout cela me plaît, murmura à voix basse la
timide Ebba.

— Tenez, dit M. de Vermondans avec une affectation
d'emphase et de douleur démentie par l'expression de sa
physionomie ; tenez, voilà une petite fille que vous avez en-
sorcelée. Le venin de vos pernicieuses doctrines a pénétré

jusque dans l'intérieur de ma maison. Je croyais élever une enfant dans l'amour des bons principes, et je n'ai fait que réchauffer un serpent sur mon cœur. Heureusement je vois ma fidèle Alete qui tient aux choses positives et qui, par son regard, m'annonce que le dîner est servi, et un dîner de Noël : c'est une solennité qui ne revient qu'une fois par an.

Ce dîner était en effet solennel et splendide. La table était d'un bout à l'autre chargée de plats énormes.

— Quelle abondance de richesses ! s'écria M. de Vermondans. Dieu soit béni ! Je vois que l'amour des livres ne fait pas oublier ici les soins de la vie matérielle.

— Voilà vraiment, dit Irénée, un banquet avec lequel, en France, un candidat à la députation pourrait se rendre très agréable à un bon nombre d'électeurs.

— Nous n'avons heureusement, répondit le vieux prêtre, point d'électeurs à séduire. Mais quand nous nous lèverons de table, les débris de ce dîner réjouiront mes valets de ferme et des familles de pauvres gens, qui en ce jour de fête viennent se réchauffer et se reconforter au foyer du presbytère. Ce n'est d'ailleurs pas moi qui vous offre ce dîner. C'est ma paroisse. Nous nous faisons à Noël les présens que vous avez coutume de vous faire au premier jour de l'an. Ces pièces de gibier, ces poissons, m'ont été remis par les chasseurs et les pêcheurs du village. Un paysan m'a donné un quartier de veau, un autre de la crême, un autre du beurre. Il n'est pas jusqu'à une bonne vieille femme qui, pour me montrer son bon vouloir, ne m'ait apporté deux œufs en me disant qu'ils étaient tout frais et qu'ils ne devaient être cuits que pour moi. Bientôt toute la maison sera remplie d'une foule bruyante, et l'on contera autour du feu de curieuses histoires, et l'on videra des cruches de bière à la santé du vieux pasteur et de ses amis.

— Et l'on dansera, s'écria Alete.

— Non, mademoiselle, vous n'aurez point ce plaisir profane ; mais si Nils le maître d'école, qui a une très belle voix, et Olaf le pêcheur et son frère Christian sont, comme je l'espère, de la fête, vous pourrez faire entendre à votre cousin quelques-unes de nos mélodies populaires, qui ne ressemblent sans doute à rien de ce qu'il a entendu dans les salons de Paris.

— Soit ! reprit Alete, quoiqu'une ou deux rondes avec ces bonnes figures réjouies eussent été un spectacle fort divertissant, j'accepte le concert. Et tenez : justement, il me semble que j'entends saluer l'arrivée de Nils. Si les deux

autres visiteurs sont avec lui, me permettez-vous de les a-
mener ?

— Allez, mon enfant, répondit M. Guldberg.

— Oui, va, Alete, s'écria gaîment Ebba.

Alete sortit et rentra un instant après, avec trois jeunes
gens qui s'avançaient modestement les yeux baissés, rou-
lant entre leurs doigts, comme pour se donner une conte-
nance, les larges ailes de leurs chapeaux.

— Bonjour, mes amis, dit le pasteur. Alete vous a-t-elle
dit que j'avais un service à vous demander ? Voici un de
mes amis qui ne connaît point nos vieux chants suédois, et
je compte sur vous, pour qu'il en ait une bonne idée. Tenez, buvez un verre de vin pour vous éclaircir la voix.

Les trois jeunes gens tournèrent les yeux vers celui qui
était désigné à leur attention, se regardèrent l'un l'autre, comme pour se consulter, puis, encouragés par les signes d'Ebba, burent d'un trait le verre qui leur était pré-
senté, et entonnèrent le chant qui leur était demandé.

Ils chantèrent successivement la romance d'Agnete, qui
est surprise sur la grève et entraînée au fond des eaux par
le Nek amoureux, puis celle de la jolie Carine, victime de sa
vertu, et dont l'âme s'envole au ciel, sous la forme d'une
blanche colombe, puis celle de la joueuse de harpe qui, par
ses harmonieux accens, conquérait la couronne de reine.

Irénée, à son grand regret, ne pouvait comprendre le
sens de ces chants, qui sont autant de fraîches idylles ou de
petits drames délicats et charmans. Mais il écoutait avec
une indéfinissable émotion ces mélodies simples et sans art
qui, dans leur accent de deuil et dans leur accent de joie,
portaient l'expression d'une pensée naïve, échappée sponta-
nément du cœur même du peuple. Il pria Ebba de dire aux
chanteurs tout le plaisir qu'il avait éprouvé à les entendre,
et les trois jeunes gens s'en allèrent raconter à la cuisine
qu'ils venaient de charmer les oreilles d'un Parisien.

Après le dîner, Alete et Ebba entrèrent au salon, en fer-
mèrent soigneusement la porte, tandis que le pasteur continuait à s'entretenir avec ses hôtes; on entendait les deux
sœurs aller, venir, donner des ordres. Alete surtout parais-
sait fort occupée. Elle appelait des domestiques, faisait dé-
placer des meubles, et tantôt parlait d'un ton impatient, et
tantôt chuchotait à voix basse. Il se passait là une scène
mystérieuse qui préoccupait la pensée d'Irénée.

Vers le soir, le mystère fut expliqué. Alete vint prendre
d'un air de triomphe le bras du pasteur, qui se leva avec M.
de Vermondans et Irénée, et se dirigea vers le salon. Ce sa-

lon s'ouvrit resplendissant de lumière. Des draperies de diverses couleurs se déroulaient en festons sur les lambris ; des guirlandes de mousse se mariaient à des bouquets de fleurs artificielles; des candélabres projetaient dans des glaces leur lueur scintillante; d'autres, voilés par des rameaux d'arbres, ne répandaient qu'une douce clarté pareille à celle des rayons de la lune à travers les réseaux des forêts. Sur une grande table s'élevait le sapin de Noël, parsemé de bougies, décoré de nœuds de rubans et chargé des dons de la fête. Le pasteur avait remis à Alete, pour les disposer selon son goût, les présens qu'il destinait à ses amis. Alete y avait joint ceux qui étaient préparés par elle, par sa sœur, et avait arrangé le tout avec un art ingénieux. Du sapin de Noël elle avait fait un arbre vraiment extraordinaire où l'on cueillait des robes de soie, des portefeuilles en cuir de Russie, des pantoufles en tapisserie, des collets brodés, des bagues et des pendans d'oreilles. Les branches pliaient sous le fardeau de leurs richesses.

M. de Vermondans y cueillit une très belle pipe en écume garnie en argent ; Irénée divers ouvrages en soie façonnés pour lui par ses cousines, et une coupe en bois ciselée avec une habileté parfaite par un simple paysan de l'Angermannie. A chaque objet que l'on détachait de l'arbre féerique, c'étaient des exclamations bruyantes, car Alete avait eu grand soin de cacher chaque présent sous une double et triple enveloppe, afin de prolonger l'attente des spectateurs et de jouir de leur surprise. Après les maîtres vinrent les domestiques de la maison, les gens de la ferme, qui devaient avoir aussi leur part de l'heureuse récolte, et qui la reçurent avec une respectueuse reconnaissance, en baisant les mains du vieux prêtre. La distribution était finie. Le sapin de Noël était dépouillé de ses trésors. Déjà on s'éloignait de lui comme d'une plante inutile ; déjà il était délaissé et oublié comme un riche dont la fortune est épuisée, comme un prince déchu qui n'a plus rien à donner. O ingratitude des hommes !

Le pasteur, profitant d'un moment où personne ne faisait attention à lui, se rapprocha de l'arbre solitaire et y attacha une lettre scellée d'un grand sceau rouge. Puis, appelant sa future belle-fille : Mais, chère Alete, lui dit-il, depuis quand êtes-vous donc devenue si indifférente aux biens de ce monde, ou si distraite, que vous puissiez abandonner le sapin de Noël, sans y voir de votre œil ordinairement si vif tout ce qu'il vous offre ?

— Je ne sache pas, répondit Alete, que ce très louable sapin puisse encore m'offrir à présent autre chose que des bouts de rubans fanés et des bougies à moitié consumées.

— Ah ! vous croyez, ma savante demoiselle? eh bien ! regardez-un peu de ce côté.

— Quoi !'s'écria Alete, un papier, une lettre, sur l'enveloppe le nom d'Eric ; de l'autre côté un cachet que je ne connais pas. C'est une surprise que vous ménagiez à votre fils. Mais quelle surprise ? voilà ce qu'il me tarde d'apprendre. Tenez, Eric, je n'ai pas encore le droit d'ouvrir vos lettres, plus tard, nous verrons. En attendant, hâtez-vous de déplier celle-ci, et de me dire ce qu'elle renferme.

Eric décacheta la lettre, et à peine l'avait-il parcourue d'un regard rapide que, se précipitant vers le vieux prêtre :

— Oh ! mon père, s'écria-t-il, que je vous remercie !

Puis, se retournant vers Alete :

— Tenez, lui dit-il, voilà le plus beau présent de Noël : c'est un arrêté de l'évêque de Hernœsand, qui me nomme vicaire de cette paroisse. C'était ce que nous attendions pour nous marier. Maintenant, chère enfant, plus rien ne s'oppose à notre bonheur. Nous restons ici avec mon père, près du vôtre et près de votre sœur. Dieu permet que nos cœurs à tous ne se séparent point l'un de l'autre. Dieu nous comble des joies d'un nouvel avenir, sans nous rien enlever des trésors du passé... Et maintenant, à quand le mariage? dites-moi.

— Comme vous y allez ! répondit Alete. Comment, parce qu'il a plu à notre vénérable prélat de vous nommer vicaire de cette paroisse, ce qui du reste me semble fort bien de sa part, il faut que je sois sur-le-champ prête à revêtir la robe de noces, à vous suivre à l'autel. Savez-vous si, avant d'en venir à cette grave cérémonie, je n'attends.pas aussi une lettre de Hernœsand ou de Stockholm? Savez-vous...

Mais l'innocente jeune fille essaya vainement de dissimuler sous un rire factice la vive émotion qu'elle venait de ressentir. Avant même de pouvoir finir la phrase qu'elle avait commencée, elle se jeta, les yeux pleins de larmes, dans les bras de son père, puis dans ceux du vieux prêtre, et tendant avec dignité la main à Eric :

— Quand vous voudrez, cher Eric, dit-elle ; quoique j'aie parfois l'air bien étourdi, j'espère que vous n'aurez jamais à vous repentir de m'avoir confié votre amour et votre bonheur.

Cette lettre épiscopale, que le pasteur avait reçue la veille et qu'il avait eu le courage de garder en secret jusqu'au soir de Noël, pour lui donner plus de solennité, devint l'unique objet des entretiens de la famille. On ne parla plus que des préparatifs du mariage et du jour où il devait être célébré. Éric eût voulu qu'on le fixât à la semaine prochaine. Sur les représentations de sa fiancée, il se résigna à prolonger ce délai. Les noces furent, d'un commun accord, fixées à quinze jours.

— Avouez que vous avez de la chance, dit en riant Alete à Irénée. Vous arrivez ici au milieu de nos belles scènes d'hiver. Vous voyez tantôt nos sombres orages du Nord, tantôt nos aurores boréales. Vous assistez à notre fête de Noël ; vous allez être témoin d'un mariage. Il ne vous reste plus qu'à connaître le délicieux spectacle de nos nuits d'été, après quoi, si vous devez retourner en France, vous pourrez parler de la Suède plus savamment que d'autres voyageurs qui, en visitant notre pays, l'ont décrit, au courant de la plume, dans de gros volumes.

— Je dois à ce pays, répondit Irénée, quelques-unes des plus douces joies de la vie. Je lui dois le calme, que je ne pouvais plus retrouver en France ; je lui dois les bonnes et salutaires émotions de cœur que j'ai ressenties dans votre demeure. Je lui dois, pauvre exilé, un tendre asile, une famille, et je compterai au nombre de mes meilleurs jours celui où j'assisterai à votre heureuse union.

Dès le lendemain, toute la maison de M. de Vermondans fut occupée des préparatifs du prochain mariage. Des couturières furent appelées pour tailler des robes, pour achever le trousseau. Des ouvriers façonnaient de nouveaux meubles, réparaient, pour le jour des noces, les plafonds et les parquets, décoraient les lambris.

Alete avait assez à faire de surveiller ces différens travaux, de donner une instruction par ci, un conseil par là ; si rieuse et si folâtre naguère, elle était devenue tout à coup pensive et réservée, comme une femme qui, de la joyeuse insouciance de la jeunesse, entre avec une austère pensée dans les voies de la vie sérieuse.

Ebba la secondait avec un tendre empressement dans ses diverses occupations, et ne donnait plus de leçons de suédois à son cousin.

M. de Vermondans fumait sa pipe d'un air grave et quelquefois chagrin, car l'idée de se séparer de sa fille lui pesait douloureusement sur le cœur, bien qu'il eût désiré ce mariage, et bien que ce mariage la laissât encore si près de lui.

Pour la première fois, depuis son arrivée dans la demeure de son oncle, Irénée se retrouva livré à lui-même. Quelques jours auparavant, les vives causeries d'Alete, les poétiques entretiens d'Ebba, les philosophiques dissertations d'Eric et de M. de Vermondans; le mouvement, la gaîté de toute la maison, détournaient le jeune officier des réflexions qui devaient naître en lui des souvenirs du passé et des appréhensions de l'avenir. Maintenant, dans ses heures de solitude, il y revenait par une pente insensible. Quelquefois il y était violemment ramené par les nouvelles qu'il recevait de son pays. Sa mère, qui partageait ses regrets et ses affections, essayait de l'encourager, de lui faire entrevoir un nouvel horizon, et, malgré elle, chacune de ses lettres trahissait une tristesse profonde. Quelques-uns de ses amis lui écrivaient aussi très exactement, et cette correspondance lui causait parfois les plus pénibles surprises. Il apprenait par là des défections politiques que, dans son esprit chevaleresque, il traitait d'actes de félonie, et qui l'indignaient.

Ah ! les misérables ! s'écriait-il un jour devant son oncle, en achevant de lire une lettre qu'il venait de recevoir de Paris : tenez, voilà un fonctionnaire qui devait toute sa fortune aux bontés particulières de Charles X, et qui, au mépris des lois les plus sacrées de la reconnaissance, s'en va, pour obtenir un emploi, porter l'hommage de son dévoument au nouveau souverain ! En voici un autre que j'ai entendu, le 28 juillet, applaudir aux ordonnances, jurer qu'il fallait exterminer l'hydre du libéralisme, verser jusqu'à la dernière goutte de son sang pour la sainte légitimité, et qui s'en va, avec le même zèle, défendre la cause de la révolution! Mais nous vivons donc dans un temps bien honteux ! Mais c'en est donc fait de tous les principes d'honneur et de religion politique! Mais, mon Dieu ! l'or et les places ont donc de grandes séductions, pour qu'on leur sacrifie ainsi ce que l'on a de plus précieux au monde : sa dignité et sa conscience. O lâcheté humaine ! ô infamie !

En parlant ainsi, Irénée se promenait à pas précipités dans la chambre et froissait avec colère sa lettre entre ses mains.

— Mon enfant, répondit M. de Vermondans avec son indulgente philosophie, ton indignation vient d'un sentiment qui t'honore. Par malheur, ce sentiment ne peut que t'irriter sans remédier aux trahisons dont tu te plains. Ce n'est pas d'aujourd'hui que l'homme a failli à ses sermens et trafiqué de ses promesses. Il suffit d'ouvrir un livre d'histoire pour y voir à chaque page, à travers le récit de quelques nobles actions, l'exemple des intrigues les plus basses et des lâchetés les plus indignes. Le sénat romain érigeait des statues à des monstres décorés de la pourpre impériale. Le moyen âge, que nous nous plaisons à considérer comme une époque de foi et de dévouement chevaleresques, est souillé à tout instant par des actes de félonie, par les excès d'une ambition désordonnée. La civilisation, en corrigeant les vices grossiers des peuples primitifs, tempère aussi l'élan de leur vertu. L'amour du bien-être, les sensations du luxe l'emportent sur les énergiques principes d'abnégation. Quelques individus qui, par leur position élevée, attirent sur eux les regards, brisent çà et là les premiers anneaux de l'ordre moral; d'autres les imitent, et de fracture en fracture, la chaîne des idées austères se trouve rompue et disloquée sur tous les points. Si quelques êtres fidèles essaient d'en conserver les débris, les autres les regardent en pitié et traitent d'anachronisme cette religieuse persistance. Le culte des grandes choses s'en va, celui des jouissances sensuelles le remplace. Nous ne demandons plus au Dieu invisible la manne céleste. Nous nous sommes fait un autre dieu que nul prophète ne peut nous enlever. Nous nous prosternons devant le veau d'or. Que ce soit là, mon cher Irénée, une triste perspective pour un cœur jeune et généreux comme le tien, assurément. Que tout ce qu'il y a en toi de respect pour le passé, de religion pour le malheur, se soulève à l'aspect de ceux qui, ayant suivi la même ligne que toi, la désertent tout à coup par un vil intérêt, je le comprends. Mais le mal qui te révolte, peux-tu le réprimer? Les défections dont tu gémis, peux-tu les prévenir? Non, quoi que tu fasses, tu n'empêcheras pas qu'il n'y ait partout sans cesse des hommes sur lesquels les grâces gouvernementales exercent un irrésistible ascendant qui, dès que le pouvoir adulé, encensé par eux disparaît, portent avec ardeur les mêmes adulations et le même encens au pouvoir nouveau. A moins de se retirer au fond d'un désert, dans les jungles de l'archipel indien, dans les forêts touffues de la Cafrerie, dans les plaines sauvages de l'Amérique du Nord ou sur la crête des Cordilières, tu n'échapperas pas à ce misérable spectacle de la faiblesse et de l'hypocrisie humaines. Les Turcs ont un proverbe qui dit : Lèche la main que tu ne peux couper. Au temps où nous vivons, nous pourrions ajouter à cette maxime : Lèche la main qui peut te servir, la main qui peut satisfaire à ton orgueil, à ta cupidité, à ton égoïsme. Jeune et heureux, tu n'as vu, mon cher Irénée, dès ton entrée dans le monde que les beaux horizons de la vie ; une révolution subite les a couverts à tes yeux d'un nuage, et des déceptions inattendues te sont entrées dans le cœur comme des flèches. Le temps, hélas ! t'en fera voir bien d'autres, et

si tu ne veux pas t'abandonner à une inutile misanthropie,
la plus sotte et la plus vilaine des maladies, tu apprendras à
te résigner aux chagrins que tu ne peux éviter. Tu te rap-
procheras dans ta souffrance de ceux qui ne trompent point
ton estime, qui ne démentent point ta confiance. Tu regar-
deras sans haine et sans colère ceux qu'un sordide calcul ou
une lâche pusillanimité conduit hors du droit chemin, et
si tu t'applaudis de ne pas les suivre, tu remercieras le
Ciel de t'avoir donné une ambition meilleure et plus de fer-
meté.

La sagesse de ces raisonnemens touchait le cœur d'Irénée
sans pouvoir le subjuguer. L'ardent jeune homme continuait
à maudire ceux qu'il avait connus dans les rangs de la légitimité et qu'il voyait s'engager dans le parti de la révolution.
Souvent, pour échapper aux remontrances de son oncle ou
pour ne point le troubler par ses récriminations, il errait seul
à travers champs, accusant par leur nom tous les déserteurs
de sa sainte cause, et quelquefois projetant de s'en aller,
comme un chevalier du moyen âge, leur demander raison
de leur félonie. Quand il rentrait de ces promenades solitaires, son oncle, jugeant que toute représentation serait inutile
en ces momens d'orage, affectait de ne pas remarquer son
agitation ; mais Ebba l'observait en silence et fixait sur lui
un regard qui exprimait une vive sympathie.

Le mariage d'Alete fit diversion pendant quelques jours à
ses sombres pensées. Le pasteur et M. de Vermondans a-
vaient voulu que ce mariage fût célébré selon les anciens
usages du pays. Des invitations furent envoyées à plusieurs
lieues à la ronde aux confrères du prêtre, aux amis des deux
familles. Au jour indiqué, une quantité de voitures arrivèrent chez M. de Vermondans. Des lits avaient été dressés
dans tous les appartemens. La maison était pleine de convives, l'écurie pleine de chevaux, non pour quelques heures, car une noce en Suède ne s'achève pas si vite ; elle
dure parfois toute une semaine. Pendant que M. de Vermondans, aidé d'Irénée et d'Eric, faisait à ses hôtes les honneurs
de sa demeure, Ebba revêtait sa sœur de la parure de mariée, ce qui n'était pas une petite tâche. Les vieilles coutumes exigent qu'en se rendant à l'autel la mariée soit de la
tête aux pieds ornée comme une châsse. Si elle n'a pas assez de rubans et de bijoux, elle emprunte ceux de ses amies.
Elle doit porter sur la tête une couronne et sur ses flancs
une ceinture d'argent. Dans quelques villages, la couronne
et la ceinture sont la propriété de l'église. Pour un léger
salaire, le sacristain les tire de l'armoire, et la fille du pau-

vre s'en décore comme la fille du riche. C'est l'égalité de la fortune du cœur en un jour d'amour et de bonheur.

La toilette, dirigée, selon les anciennes traditions du pays, par les matrones du village, étant enfin achevée, Alete entra dans le salon vêtue d'une robe en soie rose, couverte de falbalas, de rosettes, chargée d'un amas de colliers, de pendeloques, et portant une ceinture à laquelle était suspendue une rangée d'ornemens en argent de différentes formes et de différentes grosseurs qui, à chaque pas qu'elle faisait, résonnaient comme des clochettes. Rien de plus lourd, de plus écrasant qu'un tel costume. Mais Alete le portait avec grâce. Sa jolie tête ne semblait même pas fatiguée du poids du diadème en métal qui lui serrait les tempes. Quand on la vit paraître, un cri d'admiration s'échappa de toutes les bouches, et les regards des spectateurs se tournèrent instinctivement vers Eric comme pour le féliciter de son sort.

Alete prit le bras de son père pour se rendre à l'église, et les invités se mirent en marche. En tête s'avançait un groupe de musiciens avec la flûte et le violon. Puis venaient une trentaine de jeunes filles parées de leurs plus beaux habits et rangées sur deux lignes, puis les convives de la noce, et les vieilles femmes et les enfans du village.

Après l'office divin, les jeunes filles se rangèrent de chaque côté de l'autel. Le fiancé s'avança devant le prêtre; la fiancée vint ensuite conduite par son père, qui la remit à Eric et se retira à quelques pas de distance, comme si dès ce moment il venait de transférer à un autre les droits de son affection et de son autorité paternelle. Le vieux pasteur prononça lui-même d'une voie émue et avec des larmes dans les yeux la bénédiction nuptiale, en adressant à ses enfans une touchante exhortation. Un chant religieux termina la cérémonie, les mariés sortirent de l'église au bruit des fanfares et des coups de fusil qui retentissaient sur leur passage. A leur retour dans la maison, M. de Vermondans leur offrit à chacun, suivant un vieil usage, une petite coupe pleine de bière qu'ils burent en même temps, comme pour montrer que, dès ce moment, ils entraient en communauté.

Bientôt le dîner est servi. Les deux époux s'asseoient à table l'un à côté de l'autre, sous un dais qui semble préparé pour protéger leur bonheur. A la fin du repas, on étend sur le parquet un tapis qui représente le lit nuptial. Les époux s'y agenouillent, le prêtre les bénit de nouveau, les assistans chantent un hymne religieux. Puis le prêtre, s'adressant à l'assemblée, appelle son intérêt sur ce jeune couple qui va entrer dans une nouvelle vie, qui a besoin de s'y sentir suivi par les vœux et l'affection de ses amis. Il engage chaque convive à offrir aux époux un témoignage de sympathie, et il n'est personne qui essaie d'échapper à cette invitation. Chacun apporte son tribut. Les parens donnent aux mariés une somme d'argent; les amis leur donnent des meubles, des étoffes, des bijoux. En pareil cas, dans une maison de paysans, on donne du blé, de la laine, diverses autres denrées, divers ustensiles de ménage, de telle sorte que l'habitation des jeunes époux est souvent, par tous ces présens, pourvue de provisions pour longtemps. Mais il est vrai qu'ils achètent assez cher ces présens par l'hospitalité qu'ils donnent pendant plusieurs jours à cette foule de convives qui ne ménagent ni le pain, ni la bière.

De la demeure de M. de Vermondans, les invités se transportèrent dans celle du pasteur, où l'on recommença les mêmes fêtes et les mêmes banquets. Alète resta là. M. de Vermondans s'en revint seul avec Ebba et Irénée. En posant le pied sur le seuil de sa maison, où naguère, chaque fois qu'il rentrait, il voyait accourir à sa rencontre sa riante fille, en traversant la salle à manger, où le dais nuptial était encore debout, il se sentit saisi d'une tristesse qu'il ne put maîtriser; et il se retira dans sa chambre pour pleurer.

Ebba était triste aussi, car, quoiqu'elle fût d'un caractère tout différent de celui d'Alète, ou peut-être à cause de cette différence même, elle aimait beaucoup sa sœur et soupirait amèrement à l'idée de ne plus vivre chaque jour près d'elle.

Irénée essaya de la consoler.

— Je vous remercie, lui dit la jeune fille, des bonnes paroles que vous voulez bien m'adresser. Mais voyez : ce n'est pas seulement pour moi que je m'afflige de cette séparation, c'est pour mon père, qui peut-être ne pourra jamais s'y habituer. A chaque instant, Alète le distrayait, l'égayait. Avec elle est partie la joie de la maison. Je voudrais pouvoir la remplacer : mais j'aurai beau faire, je n'y parviendrai jamais. Vous le savez déjà et tous ceux qui me connaissent ne le savent que trop : je suis d'une nature triste.

— D'une nature si douce ! s'écria Irénée.

— Douce, peut-être, parfois, reprit Ebba, et inoffensive, assurément, mais triste, je le répète. D'où me vient cette tristesse continue ? Hélas ! c'est la loi de Dieu ! Ne me regardez pas, je vous en prie, comme une de ces femmes dont j'ai vu, et dont vous avez vu probablement plus que moi la peinture dans les romans, comme une de ces femmes qui se créent à elles-mêmes des malheurs imaginaires, qui se parent d'une souffrance idéale et se drapent dans le voile de leur mélancolie. Je n'ai eu ni chagrins de cœur, ni regrets passionnés, et j'ignore encore ce que signifie le mot *déception*.

Ma vie s'est écoulée sans orages et sans bruit, comme la source de la colline. Mon père, ma sœur, ont pris à tâche de la rendre heureuse, et nul événement funeste n'en a troublé le cours paisible. Mais je suis née triste, et triste je suis restée. Voilà le fait.

Ecoutez, ajouta-t-elle, en fixant sur Irénée un regard empreint d'un singulier mélange de douleur et d'affection, écoutez : le Ciel, qui ne m'avait point donné de frère, semble avoir voulu m'en donner un en vous. L'attachement que vous m'avez témoigné appelle ma confiance, et je vous ferai ma confession.

Quand je vous dis que nul événement n'a troublé mon existence, je n'exprime pas tout à fait ma pensée. Il y a une impression qui a été pour moi un événement, une impression dont je ne puis me dégager. Mais, d'abord, il faut que je vous le demande, croyez-vous aux pressentimens ?

— Quelle question ! répliqua Irénée. Jamais elle ne m'a été adressée, et je ne sais en vérité comment y répondre.

— Vous ne croyez pas aux pressentimens ! reprit Ebba, de l'air dont elle eût dit : Vous ne croyez pas à la clarté du jour en plein midi ! Eh bien ! moi, j'y crois très positivement, et il me paraît tout simple d'admettre que Dieu, à qui nous devons nos facultés, nous donne cette intuition des événemens secrets, cette sorte de divination de l'avenir, tantôt par un acte de bonté, pour nous préparer au malheur qui doit nous atteindre, tantôt par un effet de sa miséricorde, pour nous faire voir d'avance les conséquences du péril caché où nous nous sommes témérairement engagés.

Vous-même qui semblez ne pas croire aux pressentimens, ne vous est-il pas arrivé plus d'une fois de vous sentir tout-à-coup involontairement saisi d'une vague appréhension, d'une tristesse dont vous ne pouviez expliquer le motif? Cette appréhension, cette tristesse, sont les nuages précurseurs de la tempête. Elles annoncent un regret, un accident, une douleur inattendue. Bien plus, je crois que nous pouvons être ainsi avertis des dangers d'une personne aimée. Je crois qu'il existe entre les âmes unies l'une à l'autre par un véritable attachement des rapports mystérieux, des liens invisibles, mais si puissans, qu'à distance même, l'une de ces âmes ne souffre pas sans que l'autre ressente audedans d'elle le contre-coup de cette souffrance. Enfin, vous le dirai-je encore? je crois que ces rapports existent entre le

monde des morts et celui des vivans, que la froide étreinte
de la tombe ne glace point les vraies affections, qu'elles se
continuent ailleurs, et sont émues des larmes qu'on leur
donne, de la fidélité qu'on leur conserve. Je ne vous racon-
terai point à ce sujet les histoires d'apparitions, les contes de
revenans que l'on répète en tant de lieux. Si vous doutez de
mes croyances, vous douteriez également de ces témoignages
populaires. Il est des sentimens que l'on ne peut démontrer,
des inductions et des révélations que l'austère raison rejette
dans le domaine des rêves, mais qui agissent puissamment
sur le cœur. Moi j'ai vu un soir, au chevet de mon lit, ma
mère, ma pauvre mère, qui est morte en me donnant le jour!
Elle était telle que mon père me l'a souvent décrite, gracieuse et belle, mais d'une étrange pâleur. Elle se pencha
sur moi, me donna un baiser sur le front. Ses lèvres me
semblaient froides comme la glace, et pourtant ce baiser me
brûlait. Elle me regarda un instant en silence avec ses grands
yeux bleus qui paraissaient fatigués par les larmes; puis elle
se retira à pas lents en étendant vers moi les bras comme
pour m'appeler à elle. Une autre fois, je me suis vue moi-
même face à face en ouvrant une porte ; je me suis vue pâle
comme ma mère et revêtue d'une longue robe blanche tom-
bant à mes pieds comme un linceul. Les vieilles gens du
pays vous diront qu'il n'y a pas un signe plus certain d'une
mort prématurée, et j'ai la conviction que je ne vivrai pas
longtemps, et voilà pourquoi je ne puis m'attacher à ce
monde, ni me livrer comme les autres à des projets d'avenir,
ni prendre un joyeux élan dans ma morne résignation.

Il y avait dans cette confidence de la jeune fille une pensée si vivement sentie, mêlée à une impression si singulière, qu'Irénée ne sut comment y répondre. Il essaya cependant de représenter à Ebba que ces appréhensions de
l'esprit ne devaient point être prises si sérieusement, qu'à
son âge et avec ses qualités, elle ne devait pas ainsi faire le
sacrifice anticipé de son existence, renoncer aux joies et aux
espérances dont elle pouvait jouir.

Pour toute réponse, Ebba arrêta sur lui un long regard
mélancolique, lui serra la main, puis elle se leva en silence
et disparut.

Irénée se retrouva plus isolé encore que dans les jours qui
avaient précédé le mariage d'Alete. Une lettre qu'il reçut
d'un de ses amis vivifia, agita son isolement. Cet ami lui
écrivait que le parti légitimiste se préparait à reconquérir
la royauté. Mme la duchesse de Berry avait quitté l'Ecosse
pour s'établir à Massa. De là, elle correspondait avec plu-

sieurs provinces ; la Vendée et le Midi lui tendaient les bras, une foule de serviteurs dévoués lui offraient leur concours.

Tout annonçait une lutte prochaine, et tout semblait promettre le succès. « Ne veux-tu pas, lui disait son enthousiaste correspondant, t'associer à notre entreprise et partager notre gloire? Toi que j'ai toujours connu si fidèle à tes principes, si déterminé à les défendre, te serais-tu déjà laissé séduire par un repos indigne de toi, et endolorir dans le silence de la vie champêtre ? Faut-il qu'un jour nous t'écrivions comme notre vaillant Béarnais : Pends-toi, brave Crillon, nous avons combattu à Arques, et tu n'y étais pas? Non, le drapeau sous lequel tu as fait tes premières armes va se lever, l'honneur t'appelle et tes amis t'attendent. »

À cette nouvelle des projets légitimistes, à cet appel sur le champ de bataille, Irénée sentit se réveiller son ardeur de soldat et ses rêves favoris. Souvent, dans les paisibles journées qu'il passait chez son oncle, il s'était reproché un bien-être qui ne lui semblait pas permis, il s'était accusé de son inaction. Maintenant il ne pouvait plus, sans faillir à lui-même, rester à l'écart de l'arène où ses amis allaient combattre, s'éloigner de leurs périls, déserter leur espoir. Dans l'ardeur de ses sentimens monarchiques, il ne se disait pas que l'entreprise à laquelle il voulait se joindre était la guerre civile, une guerre où l'on pouvait voir les frères s'armer contre les frères, et le sol de la France arrosé du sang de ses propres enfans. Il ne songeait qu'à ses sermens légitimistes, il ne voyait que sa bannière. Son premier mouvement fut de partir. Puis, en y réfléchissant avec plus de calme, il se crut obligé de prendre quelques précautions pour annoncer cette résolution à son oncle, et sous prétexte de chasser, il s'en allait à travers champs, le fusil sur l'épaule, combinant son plan de voyage et tressaillant à l'idée des glorieux hasards où bientôt il allait rentrer.

Un accident retarda l'exécution de ses projets, et en même temps lui fit faire une découverte qui donnait une raison de plus à son départ de Suède. M. de Vermondans, qui le voyait toujours revenir la gibecière vide, lui dit un soir : « Il faut, mon cher Irénée, que je te donne une compensation pour tant de courses inutiles, et, si tu le désires, je te procurerai le plaisir d'une chasse à l'ours. Il y a dans le village deux gaillards intrépides qui te conduiront au bon endroit, et t'aideront au besoin d'un coup de fusil assuré. Veux-tu que je les fasse venir ?

Irénée, qui ne demandait qu'à occuper activement les derniers jours qui lui restaient à passer en Suède, accepta avec empressement cette proposition. Les deux chasseurs ayant été appelés, dirent qu'ils connaissaient le terrier d'un vieil ours qu'ils avaient déjà poursuivi l'hiver précédent. Il fut convenu que, le lendemain matin, ils viendraient prendre Irénée pour le conduire à cette expédition.

Ebba avait assisté à ce colloque avec une visible inquiétude, mais sans prononcer une parole. Lorsque les chasseurs furent sortis : « Mon cousin, dit-elle avec une émotion qui se trahissait à son insu dans ses regards et dans l'inflexion de sa voix; mon cousin, la chasse à l'ours est dans ce pays une grande affaire. Ceux qui l'entreprennent sont cités parmi les plus braves du village.

Quand ils ont tué un de ces animaux féroces, ils le rapportent en triomphe. On célèbre leur victoire par des chants de joie, par diverses cérémonies traditionnelles, et celui qui a abattu ce roi des forêts du Nord plante en signe d'honneur un clou en cuivre dans la crosse de son fusil. Nos paysans ont à l'égard de l'ours toutes sortes de superstitions. Ainsi, ils n'osent prononcer à haute voix son nom, de peur de l'offenser, ils l'appellent le Vieux, ou le Grand-Père. Quand ils l'ont tué, ils lui demandent pardon de sa mort, ils lui adressent de tendres paroles, puis ils le prient de vouloir bien se laisser transporter dans leur demeure, où il sera reçu comme un hôte vénérable. Toutes ces coutumes, et plusieurs autres qu'il serait trop long de vous raconter, prouvent assez l'idée de danger qu'on attache à la chasse à l'ours. Je ne veux pas essayer de vous détourner d'un projet qui vous plaît peut-être par son péril même, mais soyez prudent, mon cher Irénée, prenez garde à vous, je vous en prie.

Il y avait dans ces paroles un accent de crainte, une expression de tendresse que le jeune officier n'avait point encore remarqués dans ses rapports avec sa cousine, et dont il se trouva surpris. Il leva les yeux sur Ebba, et remarqua qu'elle était très troublée. Un éclat de rire, une exclamation de M. de Vermondans dissipèrent la vague impression qu'Irénée avait ressentie de ce trouble inaccoutumé.

— Pardieu ! s'écria le vieillard, les femmes sont de drôles de créatures. Si on se laissait aller à leurs terreurs, on ne sortirait plus de sa demeure, on en viendrait à filer son fuseau au coin du feu.

Parce qu'il plaît à nos paysans de ne pas appeler l'ours par son nom d'ours, ne voilà-t-il pas un beau motif pour qu'un brave garçon n'ose prendre son fusil et s'en aller chercher dans les bois cette lourde bête! J'espère bien, Irénée, que vous répondrez victorieusement aux rêves de cette petite fille en nous rapportant demain une large peau touffue dont elle sera très heureuse de faire un tapis.

—Je suis sensible, répondit Irénée, aux avertissemens de ma cousine, mais je pense qu'ayant bon pied, bon œil, je puis sans trop de témérité attendre l'ours au bout de ma carabine ou le chercher dans sa tanière.

Le lendemain avant l'aube, le jeune officier bien armé et bien équipé se mettait en campagne avec ses deux compagnons. Un domestique s'était levé pour lui donner à déjeûner. Tout le monde du reste dormait encore dans la maison. Cependant, en franchissant le seuil de la porte, Irénée entendit un léger bruit au premier étage. Il leva la tête et vit une fenêtre entr'ouverte. Une blanche figure s'avança derrière les vitres, puis se retira soudain comme si elle craignait d'être aperçue. C'était Ebba sans aucun doute. Naguère, en pareille circonstance, Irénée l'eût appelée pour lui souhaiter un affectueux bonjour ; mais depuis l'entretien de la veille, il éprouvait en songeant à elle une sorte de gêne indéfinissable, et il s'éloigna sans paraître l'avoir vue.

Ses guides le conduisirent à travers collines et ravins vers une vaste forêt située à quelques lieues du village. Arrivés là, ils s'arrêtèrent, et un assez vif débat s'engagea entre eux.

A partir de ce point, ils n'étaient plus d'accord sur la direction à suivre. L'un voulait continuer à marcher directement devant soi; l'autre prétendait qu'il fallait faire un écart à droite pour arriver à la tanière de l'ours. Après une assez longue discussion, tous deux convinrent, pour trancher la question, de placer Irénée entre eux et de s'avancer avec lui sur trois lignes parallèles, en restant toutefois assez près l'un de l'autre pour pouvoir, au besoin, se porter secours et se réunir en un instant contre l'ennemi commun. Ils firent comprendre par signes leur résolution à Irénée, qui n'avait nulle raison de s'y opposer. Puis l'un d'eux, tirant de sa poche une bouteille d'eau-de-vie, l'offrit d'abord au jeune officier, qui pour lui complaire y porta ses lèvres, la présenta ensuite à son compagnon, qui lui donna une tendre accolade, et, à son tour, en savoura le contenu avec une visible satisfaction. Irénée, qui avait aussi apporté quelques provisions, leur versa à chacun un verre de vin généreux, puis en but un à leur santé.

Les trois chasseurs ranimés par cette libation entrèrent dans la forêt. Les tiges de sapins étaient assez écartées l'une de l'autre pour ne point entraver leur passage. Mais le sol était jonché de broussailles et de troncs d'arbres recouverts de neige sur lesquels leur pied glissait, trébuchait à tout instant. Un peu plus loin, les deux paysans ralentirent encore leur marche pour chercher les traces de l'ours. Irénée continua la sienne sans s'apercevoir qu'il laissait ses guides en arrière. Bientôt il se trouva à une assez longue distance d'eux. Il s'arrêta pour les attendre; en tournant la tête de côté et d'autre pour les chercher, ses regards s'arrêtèrent sur un objet noir immobile au pied d'un arbre.

C'était l'ours, et un ours monstrueux. Les pattes repliées sous le corps, la tête couchée sur la neige, il semblait endormi.

Irénée se réjouit de cette découverte, et se rappelant ce qui lui avait été raconté par Ebba, sourit à la pensée de conquérir à son premier essai un honneur envié dans le pays, de pouvoir, à l'exemple des gens du village, décorer d'un clou de cuivre la crosse de son fusil.

Pour être plus sûr de son coup, il voulut se placer sur un monticule situé plus près de l'animal engourdi. Il arma son fusil, et s'avança avec précaution. Mais ce monticule était formé d'un amas de branches et de rejetons d'arbres flexibles dont la neige lui cachait les interstices. En y posant le pied, il glissa et tomba à la renverse. La détente de son fusil partit dans sa chute.

Avant qu'il se fût relevé, l'ours, réveillé dans son assoupissement par le bruit retentissant de l'arme meurtrière, s'était en quelques bonds précipité sur lui. Il lui appliqua ses deux larges pattes sur les épaules, et le tenant ainsi en sa puissance, l'œil étincelant de fureur, les dents serrées, il semblait contempler à plaisir sa proie avant de la dévorer. Hors d'état de se mouvoir, Irénée ferma les yeux, et recommanda son âme à Dieu. Il sentait que c'en était fait de lui.

Déjà les griffes de l'animal lui entraient dans les chairs, et sa mâchoire s'entr'ouvrait, quand soudain deux coups de fusil résonnèrent à la fois dans le silence de la forêt, et l'ours, atteint à droite, à gauche, de deux balles à la tête, se roula sur le corps de celui qui devait être sa victime, en rugissant et en lui labourant avec ses ongles les bras et la poitrine dans son agonie convulsive.

Au même instant les deux braves paysans accoururent près d'Irénée en poussant un cri de triomphe. Ils trouvèrent leur jeune compagnon à demi paralysé par la pression de l'animal qui avait pesé de tout son poids sur lui, et baigné dans son sang. Ils le relevèrent avec précaution, lui frottèrent les tempes et les lèvres avec de l'eau-de-vie, puis le soutenant de chaque côté par la ceinture, essayèrent de faire quelques pas avec lui, et reconnurent avec joie qu'il pouvait encore marcher.

L'essentiel pour eux était de le conduire hors de la forêt, où ils ne pouvaient espérer aucun secours. A force de précautions, en enlaçant leurs bras autour de lui, en s'arrêtant de temps à autre, et en le portant parfois, ils parvinrent enfin dans les champs. Là, les dernières forces d'Irénée étaient comme épuisées. Son sang coulait de plusieurs plaies et ses jambes vacillaient. Un de ses compagnons se dépouilla de sa veste, l'étendit sur la neige, et le coucha sur ce tapis avec une sollicitude et une bonté de cœur dont le pauvre Irénée eût été vivement ému, s'il avait pu l'observer. L'autre courut en toute hâte vers la grande route, et apercevant une charrette chargée de paille qui se rendait au village, détermina, par ses prières, par ses promesses, celui qui la conduisait à venir au secours du blessé. On installa avec soin Irénée sur cette voiture, et on le conduisit au petit pas dans sa demeure.

En entrant dans le village, un des chasseurs appela sa femme :

— Va-t-en, lui dit-il, de toute la rapidité de tes jambes, chez M. de Vermondans ; dis que son neveu est malade, mais sans danger, et reviens préparer la table. Nous avons fait un fameux coup de fusil. A demain le banquet de l'ours!

Averti par cette femme, le vieillard se précipita hors de sa maison et courut tout effaré à la rencontre du convoi ; puis d'un regard, lisant dans le regard des chasseurs, et d'une main rapide tâtant le corps d'Irénée :

— Rien de cassé, dit-il ; rien de démis. C'est bon!

Mais derrière lui arrivait Ebba, pâle, tremblante, échevelée, qui, à la vue du sang d'Irénée, poussa un cri lamentable et tomba dans les bras de son père, à demi inanimée.

Les blessures du jeune officier ne présentaient heureusement aucun caractère dangereux. Le médecin du canton, qui fut appelé à les visiter, le déclara en termes formels à M. de Vermondans. Cependant il ajouta qu'elles exigeaient des soins délicats et du repos.

Au premier bruit de ce fatal accident, Alete et son mari étaient accourus près d'Irénée et lui témoignaient une tendre sympathie. M. de Vermondans prouva aussi combien il aimait son neveu par le service assidu qu'il établit autour de lui, par la magnifique récompense qu'il donna à ceux qui l'avaient sauvé.

Quant à Ebba, elle était comme atterrée. Sa sœur la trouva assise dans un fauteuil, le regard fixe, les lèvres muettes, le visage morne. Concentrée péniblement en elle-même, la jeune fille ne sortait de sa stupeur qu'en entendant prononcer le nom d'Irénée et en apprenant les rapports successifs du médecin. Plusieurs fois dans le jour elle se dirigeait vers la chambre du malade, montait d'un pas craintif son escalier, s'arrêtait tremblante à sa porte et y collait son oreille. Puis elle redescendait près de son père et retombait dans sa tristesse morbide.

Une nuit que la garde-malade qui veillait près d'Irénée, le voyant s'assoupir, s'était retirée pour le laisser dormir en paix, le jeune officier se réveilla tout à coup sous l'impression d'une main délicate qui lui passait légèrement sur le front. Il ouvrit les yeux et entrevit dans l'ombre une femme qui glissa derrière ses rideaux et s'enfuit. A sa taille, à sa démarche, à ses vêtemens, il crut reconnaître Ebba. C'était Ebba, en effet, qui la nuit même ne pouvant goûter le repos, s'approchait furtivement de lui, quand elle croyait n'être aperçue de personne, pour observer son état, pour s'assurer que ses potions étaient bien préparées.

Grâce aux conseils d'un médecin intelligent, aux soins affectueux dont il était entouré, Irénée recouvra peu à peu ses forces. Ses plaies se cicatrisèrent, et l'on ne remarquait plus qu'à la pâleur de son visage les souffrances qu'il avait éprouvées.

Le jour où il revint s'asseoir à la table de famille fut un jour de fête. M. de Vermondans avait invité à dîner sa fille, son gendre, le médecin et les deux chasseurs. Les chasseurs arrivèrent apportant la peau de l'ours qu'ils avaient tué et dont ils voulaient, disaient-ils, faire hommage à leur malheureux compagnon.

Ils se mirent ensuite à raconter gaîment les incidens de cette mémorable journée, et lorsque dans le cours de la conversation, ils apprirent qu'Irénée avait traité si légèrement cette grave affaire d'une chasse à l'ours : Ah ! s'écria l'un d'eux, je ne suis plus surpris de l'accident qui est arrivé. L'ours est un gaillard avec lequel il ne faut pas plaisanter. Il est fin et orgueilleux. Il entend tout ce qu'on dit de lui, et si on ne le traite pas avec respect, il se venge cruellement. Je ne serais pas étonné qu'ayant été offensé de la manière dont M. Irénée parlait de lui, il se fût tapi au pied d'un arbre exprès pour le voir venir et lui donner une sévère leçon.

Irénée, à qui Ebba traduisit ces paroles, plaisanta gaîment

de ces superstitions. Les chasseurs, le voyant rire, hochaient la tête et avaient l'air de se dire : Voilà un imprudent que l'expérience ne corrige pas, et à qui il arrivera encore quelque malheur.

En recouvrant ses forces, Irénée avait repris le besoin d'activité inhérent à sa nature. Les dernières lettres qu'il avait reçues lui annonçaient que le mouvement légitimiste dont on l'entretenait précédemment devenait de plus en plus sérieux, puis que Mme la duchesse de Berry se préparait à quitter Massa, puis qu'elle était dans le Midi, puis enfin qu'elle allait entrer avec le drapeau blanc dans les campagnes de la Vendée. Cette fois, le fait était positif, et Irénée résolut de partir. Un autre motif l'engageait encore à hâter sa détermination. A voir la conduite d'Ebba envers lui, les angoisses mortelles qu'elle avait manifestées lorsqu'il était malade, la joie extraordinaire qu'elle laissait éclater depuis qu'il était guéri, il ne pouvait plus se dissimuler le caractère du sentiment qu'elle éprouvait pour lui, et ce sentiment, il ne le partageait pas. Il aimait la jeune fille, il éprouvait un charme singulier à la voir dans sa grâce délicate et sa beauté mélancolique, à l'entendre parler de sa voix mélodieuse. Quelquefois même, depuis la découverte qu'il avait faite, il se demandait s'il ne devait pas prendre comme une insigne faveur du ciel la position qui s'offrait à lui : une existence douce et paisible, une famille chérie ; l'aisance matérielle, les joies du foyer à côté d'une belle et tendre jeune femme. Puis aussitôt, il se sentait emporté loin de ce tableau idyllique par l'impatiente ardeur de sa jeunesse, par les rêves d'un horizon lointain et d'un aventureux avenir. Il est des hommes pour lesquels la vie paisible semble ne pas être la vie, qui, de même que certains oiseaux des mers, ne s'ébattent que sur les vagues orageuses, et ne se complaisent que dans la tempête.

Irénée était de ces hommes. En se scrutant consciencieusement, il reconnaissait qu'il ne pouvait donner à Ebba qu'une partie de son cœur ; qu'à tout instant, près d'elle, il serait poursuivi par les regrets d'une autre destinée, par tout ce qu'il y avait en lui d'aspirations pour le mouvement des camps, pour les hasards et la gloire de la guerre. Dans une telle situation d'esprit, accepter l'amour candide, confiant, de la jeune fille, c'était la tromper ; et comme il ne pouvait la tromper, l'honneur lui faisait un devoir de s'éloigner d'elle.

M. de Vermondans fut frappé d'une douloureuse surprise en apprenant la détermination d'Irénée. Il s'était habitué à le traiter comme un fils, et peut-être, au fond du cœur, avait-il fait pour lui et pour Ebba un doux rêve paternel. Il essaya de le détourner de son projet par les raisonnemens les plus sérieux ; et comme il vit que ces raisonnemens ne produisaient aucun effet : « Prends garde, dit-il en finissant, prends garde, mon cher Irénée, de te laisser éblouir par le prestige d'un sentiment généreux et noble sans doute, mais qui peut te devenir funeste, sans servir à ceux auxquels on le consacre. Combien d'hommes s'abusent ainsi, puis accusent l'injustice du sort quand ils ne devraient accuser que leur propre entraînement ! La Providence place près d'eux le bonheur, et ils ne le voient pas. Leur pensée est éblouie par l'attrait d'une situation imaginaire vers laquelle ils se précipitent avec ardeur. Si cette situation leur échappe, ils reportent avec une amère déception leurs regards en arrière; ils regrettent ce qu'ils ont perdu, et il est trop tard ! la fortune mobile a fait un pas et a donné à d'autres le bien qu'ils ont méconnu.

— Mais le devoir ! mon cher oncle, s'écria Irénée.

— Dieu me garde, reprit le vieillard, de ne pas respecter la puissance de ce grand mot de devoir! Seulement, permets-moi de te faire observer que, dans l'ardeur de la jeunesse, on peut aisément se tromper sur cette idée de devoir, comme sur une idée de bonheur. Il est des circonstances où le devoir se présente à nous d'une façon si nette, si absolue, et parle si haut, que, coûte que coûte, il faut lui obéir, il faut lui dévouer ses forces, son âme, sa vie. Mais ordinairement nous avons à choisir entre plusieurs devoirs, et celui qui nous semble le plus humble, le plus calme, n'est souvent pas le moins louable et le moins méritoire. L'honnête homme qui se consacre à une tâche journalière, à des affections de famille, à tout le bien qu'il peut faire autour de lui, ne suit-il pas une assez belle ligne de devoirs ? N'occupe-t-il pas une place assez honorable dans l'ordre social? La vertu n'est-elle que dans les actions extraordinaires ? N'y a-t-il nulle couronne à cueillir ailleurs que dans une entreprise aventureuse ou sur les champs de bataille, et celui-là n'est-il pas aussi un bon citoyen qui se livre à des travaux utiles et donne à sa patrie des enfans élevés dans l'amour du bien et le respect des lois?

Irénée rendait justice à la sagesse de ces raisonnemens, et se sentait ému de la tendre affection avec laquelle ils étaient exprimés. Mais sa résolution était prise. Rien ne pouvait plus l'en détourner.

Alete et son mari et le vieux pasteur essayèrent inutilement aussi de le retenir. Quant à Ebba, lorsqu'elle apprit qu'il allait s'éloigner, elle ne prononça pas un mot. Sa tête s'inclina sur son sein, et deux larmes furtives glissèrent le long de ses joues.

Irénée partit, non sans effort et sans un douloureux serrement de cœur. À la fin du jour, les rayons mourans du soleil offrent aux regards un charme singulier. Au dernier moment, la vie apparaît belle à celui qui se plaignait de ses vicissitudes et qui va la quitter. À l'heure d'une séparation résolue, désirée, il s'opère dans l'âme une violente réaction. En un instant rapide, on entrevoit dans une sorte de lumière éblouissante tout ce que l'on aime et tout ce que l'on abandonne. En un instant, on est saisi par les joies que l'on déserte, par des regrets anticipés, comme par un reflux impétueux sur lequel flotte la pensée indécise. On n'a pas encore franchi le seuil de la porte, on n'a pas encore murmuré le suprême adieu. On s'arrête, on hésite ! On pourrait rentrer dans la demeure aimée, se rejeter dans les bras qui s'ouvriraient avec joie. Dernière lutte du cœur, dernier avertissement peut-être d'un bon génie. Mais la pensée dominante l'emporte et l'on s'éloigne de la plage paisible, et on lance sa barque à la mer. Que Dieu la protège !

Ainsi partit Irénée, laissant la douce paix domestique, laissant une famille en deuil et un cœur de jeune fille brisé. Il partit navré lui-même de chagrin, mais exalté par la pensée qu'il obéissait à la loi de l'honneur, et que plus le sacrifice était pénible, plus il était noble.

C'était au commencement de l'été. La terre reverdie et fleurie, les bois animés par le chant des oiseaux, le ciel pur, les lacs argentés, tout ce qu'il y a de beautés pittoresques, de scènes grandioses et d'images charmantes dans cette nature du Nord, ravivée comme par magie au premier souffle du printemps, augmentait encore ses regrets, et l'aurait retenu, s'il avait pu se laisser retenir.

Grâce à la clarté des nuits, qui lui permettait de voyager constamment, il atteignit bientôt Stockholm, s'embarqua sur le bateau à vapeur de Lubeck, courut dans son village embrasser sa mère, puis se dirigea vers la Vendée, où il devait rejoindre le drapeau qu'il venait chercher de si loin.

Dans le cours de son voyage, il avait écrit plusieurs fois à son oncle. Trois semaines s'écoulèrent ensuite pendant lesquelles la bonne famille suédoise ne reçut plus aucune nouvelle de lui. M. de Vermondans se plaignait de ce silence; Alete cherchait à l'excuser. Ebba souffrait et ne disait rien. Depuis le départ d'Irénée, la frêle jeune fille était tombée dans un état de tristesse et d'abattement qui de jour en jour prenait un caractère plus effrayant. Elle aimait à rester seule, assise à sa fenêtre, les yeux tournés vers la route du Midi, comme si c'était par cette route qu'elle eût vu s'en aller sa dernière espérance, et qu'elle pensât la voir reparaître. Si parfois elle essayait de lire, il était aisé de reconnaître à l'immobilité de son regard que le livre qu'elle tenait entre les mains ne l'occupait pas, que son esprit était ailleurs. Si elle descendait près de son père, elle s'efforçait de sourire devant lui et de paraître gaie pour calmer son âme inquiète. Mais dès qu'il tournait la tête, elle retombait comme affaissée sur elle-même, les bras croisés sur la poitrine, dans l'attitude d'une victime qui offre à Dieu son dernier sacrifice. Déjà son visage portait les indices du mal intérieur qui la dévorait, ses joues se creusaient, ses lèvres blémissaient, un cercle noir se dessinait sur ses blanches paupières, et des taches de pourpre éclataient comme du feu sur ses pommettes décolorées. Un des médecins appelés à la visiter dit qu'elle était atteinte d'une fièvre lente ; un autre qu'elle était phthisique. Ebba se soumettait avec complaisance à toutes les ordonnances qui lui étaient prescrites, à tous les moyens de soulagement ou de distraction inventés par l'ingénieuse affection de son père ou de sa sœur. Mais quand elle se retrouvait seule, elle secouait la tête à la vue des médicamens rangés sur sa table, et semblait se dire qu'il n'y avait dans la science humaine nul remède pour la guérir.

Deux semaines se passèrent encore sans qu'il arrivât un mot d'Irénée ; que faisait-il donc ? On savait qu'il avait traversé Paris, qu'il devait être en Vendée. Ne pouvait-il plus correspondre avec ses amis, ses lettres seraient-elles interceptées, ou, chose terrible et qu'on n'osait se dire. serait-il déjà victime de son ardeur chevaleresque, prisonnier, ou blessé, ou mort peut-être ?

On attendait le courrier avec impatience. À défaut de lettres, on parcourait d'un regard avide et inquiet les journaux. Vain espoir, les journaux suédois ne donnaient encore que quelques vagues détails sur le mouvement légitimiste.

A la fin, M. de Vermondans, chagriné et, pour ainsi dire, humilié de laisser éclater à tout instant sa propre impatience, déclara que désormais il ne voulait plus que l'on parlât ni d'Irénée, ni de la Vendée, mais il ne pouvait empêcher qu'on y pensât, et lui-même y pensait sans cesse, et la pauvre Ebba encore plus.

Un matin, la jeune fille se leva dans un trouble extrême, dans une espèce d'agitation fébrile qui lui donnait une nouvelle apparence de vie. Elle s'habilla précipitamment, descendit près de son père, et lui exprima le désir d'aller voir sa sœur.

— Vraiment ! s'écria le bon vieillard, abusé par cette trompeuse animation, et tressaillant de joie à l'idée que son enfant renaissait à l'existence; vraiment! chère Ebba, as-tu envie de faire cette course? Je te conduirai moi-même.

Sans attendre sa réponse, il courut à l'écurie, fit atteler son cheval, et quelques instans après il était assis dans son cabriolet à côté de sa fille, traversant rapidement la prairie verdoyante, le cœur ravivé par une gaîté qu'il n'avait pas éprouvée depuis longtemps.

Ebba, de son côté, semblait prendre un plus vif intérêt à tout ce qui se présentait à ses yeux, et noter à chaque pas ce qui éveillait en elle un souvenir.

— Ah ! disait-elle, voilà la demeure de la vieille Marthe, la veuve de votre ancien fermier. Vous avez été bien bon pour elle, mon père, et pour ses enfans. Je vous en prie, ne les oubliez pas : ce sont de braves gens.

Ah ! voilà le ruisseau près duquel nous nous arrêtâmes avec Eric, le jour où nous le reconduisîmes après ses fiançailles avec Alete. C'était un heureux jour!

Voici l'angle de la route où nous courûmes vous attendre au retour d'un voyage que vous veniez de faire à Hernosand. Il y a de cela bien des années. J'étais toute petite encore. Mais je n'ai point oublié que vous aviez été absent une longue semaine, que chaque matin je vous réclamais, qu'un soir, en me couchant, ma bonne me dit : Demain vous reverrez votre père; que pendant la nuit je ne cessai de rêver de vous et des belles choses que vous alliez me rapporter. C'était un heureux temps!

Un peu plus loin, elle cessa tout à coup de parler, contempla d'un regard pensif la plage, la mer, l'horizon bleuâtre, et parut absorbée dans une mélancolique réminiscence.

Son père, qui l'avait écoutée avec joie, se retourna vers elle comme pour interroger son subit silence, et, tout entier encore au plaisir qu'il venait d'éprouver, ne comprit point la pensée qui, en ce moment, la dominait. Mais celui qui eût pu lire dans cette pensée y eût vu un profond sentiment de tristesse et de résignation, une image enthousiaste du passé unie à un douloureux abandon de l'avenir.

Il y avait, dans la muette contemplation de la pauvre malade, une sorte d'adieu suprême, d'adieu résigné à ces flots azurés, à ces vertes forêts, à ce lointain espace, qui souvent avaient occupé ses rêveries ; à cette tiède brise d'été qui se jouait dans ses cheveux, à ce ciel transparent qui réjouissait ses yeux, à toute cette terre fleurie, diaprée, qui lui avait donné tant de jouissances naïves et tant d'émotions poétiques. Par ses lèvres légèrement entr'ouvertes, par son regard errant, elle disait adieu à cette nature dont elle était elle-même l'enfant candide, à ces fleurs qui dans leur pure corolle lui souriaient comme des sœurs, à ces oiseaux qui lui gazouillaient leur salut du matin et leur salut du soir comme des frères.

En arrivant au presbytère, M. de Vermondans s'arrêta à causer avec le vieux pasteur. Ebba prit Alete par la main et l'entraîna dans sa chambre, ferma la porte, et, se jetant dans ses bras :

— Ma bonne sœur, lui dit-elle, j'ai voulu te revoir encore.

— Encore ! s'écria Alete, mais j'espère que nous nous reverrons longtemps.

— Oui, longtemps, reprit Ebba en faisant quelques pas en arrière et en pâlissant, mais plus ici, hélas ! dans un autre monde !

— Quelle idée sinistre ! dit Alete. Et moi qui ai été si heureusement surprise de ton arrivée ! Est-il possible que tu viennes ainsi m'affliger !

Et en prononçant ces mots, Alete cacha dans ses mains son visage baigné de larmes.

— Pardon, chère sœur, dit Ebba, j'ai eu tort de me laisser aller à une triste pensée. Voyons, parlons d'autre chose.

— Oui, parlons d'autre chose, reprit Alete, en souriant à travers ses pleurs comme un rayon de soleil à travers la pluie. A-t-on des nouvelles d'Irénée ?

— Irénée, répondit Ebba d'une voix solennelle, Irénée est mort!

— Mort ! Que dis-tu ? Comment le sais-tu ?

— Je le sais : je l'ai vu en rêve cette nuit.

— Ah bien ! Moi aussi j'ai rêvé parfois que je voyais des gens morts, et que je retrouvais parfaitement portans le lendemain.

— Je l'ai vu, te dis-je, frappé d'une balle à la poitrine, arrosant le sol de son sang, tournant dans son agonie les regards de notre côté, et nous souriant dans une dernière convulsion!

— Quelle folie ! ma chère Ebba, s'écria Alete, en riant d'un rire qui pourtant n'était pas naturel, car elle était, malgré elle, impressionnée par le ton sérieux de sa sœur. Viens, Eric et son père nous attendent ; viens goûter le

plaisir d'une de nos bonnes réunions de famille , et éloigne
de toi ces sombres pressentimens qui, par la grâce de Dieu,
ne se réaliseront, je l'espère, jamais.

— Oui, allons , dit Ebba , en essayant de reprendre une
physionomie plus gaie et en murmurant cependant à voix
basse : Une folie ! Nous verrons !

La semaine suivante on apprit, par une lettre de la mère
d'Irénée, que le jeune officier était mort le jour même où
Ebba avait eu son rêve de deuil, mort bravement au siége
du château de la Pénissière.

Bientôt Ebba mourut aussi, en prononçant le nom de son
père, de sa sœur, debout en larmes à son chevet. Puis , au
dernier moment, un autre nom s'échappa de ses lèvres : le
nom d'Irénée.

X. MARMIER.

FIN DES DEUX ÉMIGRÉS.

Imp. de WITTERSHEIM, r. Montmorency, 8.